Riki Wunderer

Von Glücksrittern und Alltagsheldinnen

Riki Wunderer

Von Glücksrittern und Alltagsheldinnen

25 unberechenbare Kurzgeschichten
mit Tiefgang

© 2021 Riki Wunderer

Autorin: Riki Wunderer
Umschlaggestaltung und -abbildungen: Riki Wunderer
Foto der Autorin: Anselm Wunderer
Korrektorat: Meike Licht
Buchsatz: Eva Denk

Verlag & Druck: tredition GmbH, Halenreie 40-44, 22359 Hamburg

ISBN
Paperback   978-3-347-23079-8
Hardcover   978-3-347-23080-4
E-Book   978-3-347-23081-1

Bibliografische Information der Deutschen Nationalbibliothek:
Die Deutsche Nationalbibliothek verzeichnet diese Publikation in der Deutschen Nationalbibliografie; detaillierte bibliografische Daten sind im Internet über http://dnb.d-nb.de abrufbar.

www.tredition.de

Inhalt

Für meine Lieben

Tausend Rosen

»Nicht wer wenig hat,
sondern wer zu viel wünscht, ist arm.«
Lucius Annaeus Seneca

Rosa, weiß, orange, rot, pink, gelb … große und kleine Blüten. Und alle nur uni – einfarbig!

Zum dritten Mal ging sie die Reihen im Gartenmarkt ab, um vielleicht doch noch die eine Sorte zu finden, die sie sich für den Rosenbogen in ihrem kleinen Garten vorgestellt hatte. Viele kleine Blüten wollte sie im nächsten Sommer haben. Und zwar innen schneeweiß und der Rand rosa-zartpink gefiedert. Sie wusste genau, dass es so etwas gab. Irgendwo hatte sie das schon gesehen. Wenn sie nur wüsste, wo das war! Plötzlich wurde ihr klar, dass sie diese Rose hier bei Bella-Garten nicht finden würde. Denn das was sie suchte, war schließlich etwas ganz Besonderes. Hier gab es nur Durchschnittliches. Dieses Jahr gepflanzt, im nächsten entsorgt und erneuert. Sie musste eine kleinere Gärtnerei finden. Am besten eine, die sich auf Rosen spezialisiert hatte.

Gedacht, getan, stellte sie den leeren Einkaufswagen zu den anderen Gesellen in die Kolonne, ging zum Parkplatz und setzte sich ins Auto. Aber wo fand sie nun eine kleine, traditionelle Gärtnerei? Mit dem Schwerpunkt Rosen natürlich. Sie zermarterte sich das Gehirn und malträtierte die Suchfunktion am Smartphone, aber es wollte keine passende Antwort auftauchen. Geistesabwesend klickte sie sich von ›Rosen kaufen‹ zu ›Rosensorten‹ zu ›Rosen schneiden‹ zu ›Rosen pflanzen‹. Und plötzlich landete sie bei ›Rosen züchten‹ und fand die Seite der städtischen Gärtnerei. Als sie bereits einigermaßen hoffnungslos durch die Bilder scrollte, entfuhr ihr ein spitzer Schrei. »Aaaahhh! Da ist sie ja … genau das ist sie!«, stellte sie erfreut fest. Ganz unten fand sie die Mitteilung, dass das Stadtgartenamt auch einen Verkaufsladen hatte.

Jeden Dienstag, von 8–12 Uhr, las sie. Was für ein Glück, dachte sie. Heute ist Dienstag und bis zwölf Uhr würde sie es schaffen. Rasch gab sie die Adresse ins Navi ein und fuhr los. Fünf vor zwölf betrat sie den Laden und sah sich nach einem Verkäufer um. Ein Mann in einem grauen Arbeitsmantel tauchte kurz darauf aus einer Tür auf und meinte, dass sie bald schließen würden.

»Ja, ich weiß«, sagte sie, »aber ich brauche nur zwei Stück von dieser hier, die Usurpatore, sehen Sie?«, und hielt dem Mann das Smartphone mit dem Bild ihrer Traumrose hin.

»Ach ja, das ist wirklich eine sehr schöne und ungewöhnliche Züchtung. Aber ich sage ihnen gleich, sie wächst sehr schnell. Sie werden also schon einige Arbeit damit haben.«

»Oh, das macht nichts. Die oder keine. Zwei Stück möchte ich bitte!«

»Ja gut, Ihre Entscheidung«, sagte der Verkäufer, drehte sich um und ging durch die Tür, aus der er kurz zuvor gekommen war. Bald darauf kam er mit zwei Töpfen mit dornigem Gestrüpp, an welchem jeweils ein Etikett mit Sortenname, Bild und Pflegeanleitung hing. Dann zeigte er auf die Wand hinter sich, an welcher einige Gartengeräte hingen.

»Diese Gartenschere kann ich Ihnen …«, weiter kam er nicht, denn sie hatte es nun eilig.

»Nein danke, ich habe eine zu Hause.«

»Ich zeige Ihnen noch, wie sie geschnitten werden …«

»Nein, nein, vielen Dank, ich kenne mich aus.«

Der Gärtner zuckte mit den Schultern. »Ganz wie Sie wollen.«

Sie bezahlte und nahm die Pflanzen freudig in Empfang.

Zu Hause grub sie die Rosen beiderseits des Torbogens ein und goss sie. Dann betrachtete sie zufrieden ihr Werk. Wie die meisten Gärten in den Wohnsiedlungen war auch ihr Garten nicht sehr groß. Aber sie war froh, dass sie wenigstens diese kleine grüne Oase hatte. Der Torbogen, an welchem sich im nächsten Sommer die Rosen emporranken sollten, stand direkt am Zaun. Dahinter war die Feuermauer des nächsten Hauses und sie hatte einfach keine Lust mehr gehabt, diese öde Wand zu sehen. Jetzt war es November. Aber im nächsten Jahr würde sie sich an den weiß-rosa Blüten erfreuen. Sie konnte es kaum erwarten.

Am nächsten Morgen glaubte sie zu träumen. Der Torbogen war nicht nur über und über mit weiß-rosa Blüten überwuchert, sondern auch die Mitte dazwischen vollkommen überwachsen. Sie rieb sich ungläubig die Augen. Das konnte doch nicht wahr sein! Träumte sie? Sie kniff sich in beide Ohrläppchen, dass es weh tat. Dann ging sie zur blühenden Pracht und befühlte noch immer ungläubig die Blütenblätter. Prompt stach sie sich dabei in die Finger.

»Also kein Traum«, sagte sie laut.

»Wow …!!! Und das im November!«, und blieb mit offenem Mund stehen. Als Mann und Kinder nach Hause kamen, fanden sie das Blütenwunder zwar höchst seltsam aber nichtsdestotrotz wunderschön. Auch die Nachbarn bewunderten den Rosenbogen. Dann gingen sie hinein, denn so großartig die Blütenpracht auch anzusehen war, im November wurde es früh finster und es war kalt.

Am nächsten Morgen nahm sie die Gartenschere, um die rasch gewachsenen Rosen etwas zurechtzustutzen. Wieder hatten sich über Nacht die Rosen entlang der Feuermauer und sogar ein Stück weit über dem Boden ausgebreitet. Einige Äste schlangen sich bereits links und rechts am Zaun entlang. Das würde den Nachbarn kaum gefallen, dachte sie. Drei Stunden arbeitete sie daran, die Rosenstöcke beiderseits des Torbogens in die Schranken zu weisen. Schließlich streifte sie die Gartenhandschuhe ab und legte zufrieden die Schere weg. Das war sicher nur der erste Wachstumsschub, dachte sie. Nun hatte sie den ersten Schnitt gemacht und den Wuchs dem Torbogen angepasst.

»Gut, gut«, sagte sie, aber leise, leise nisteten sich Zweifel in ihr ein. Denn etwas unheimlich war das Ganze ja schon.

Am frühen Morgen klingelte es an der Haustür.

»Wer kann denn das sein um diese Zeit?«, sagte sie und ging zur Tür, um zu öffnen.

»Also Rosen hin oder her, aber das ist denn doch zu viel. Die wachsen ja schon über den Zaun. Unser Marillenbaum ist ja kaum mehr zu sehen. Das geht wirklich nicht Frau …«

»Was … wieso … ich hab doch gestern …«

»Ja schauen Sie sich das an, das ist doch eine Katastrophe. Wenn die so weiterwachsen, sind wir bald eingeschlossen wie die Königsfamilie«, sagte aufgebracht die Nachbarin.

Sie ging mit ihr in den kleinen Garten, wo die Ranken der

wachssüchtigen Pflanze die ganze Feuermauer, die Wiese und die Zäune zu den Nachbarn erreicht hatte. So dicht, dass sie nicht einmal mehr den Marillenbaum jenseits des Maschenzaunes sehen konnte. Einige Zweige hatten sogar schon die Regenrinne erreicht und waren auf dem besten Weg, das Dach zu überwuchern.

»Das gibt's doch nicht«, sagte sie entgeistert, »ich hab doch gestern ...«

»Ich erwarte, dass Sie das in Ordnung bringen. Heute noch!«, stieß die Nachbarin erbost hervor und ging zur Tür hinaus.

»Ich glaube, ich muss jetzt beim Stadtgartenamt anrufen, das geht ja nicht mit rechten Dingen zu«, wandte sie sich ihrem Mann zu, der nun neben ihr stand und seinem Erstaunen mit einem lauten Pfiff Ausdruck gab.

»Ja, das glaub ich auch. Mach das. Ich muss jetzt auf jeden Fall weg. Ich fahr die Kinder gleich zur Schule.«

Als die Familie aus dem Haus war, suchte sie die Nummer vom Stadtgartenamt heraus und wählte. »Guten Tag, unsere Geschäftszeiten sind Montag, Dienstag und Donnerstag von 8 bis 12 Uhr«, tönte es aus dem Hörer.

»So ein Mist!«, dachte sie. »Heute ist Mittwoch. Muss ich wohl noch einmal mit der Schere Ordnung schaffen.«

Diesmal aber brauchte sie fast den ganzen Tag. Als sie endlich damit fertig war und sich erschöpft auf das Sofa sinken ließ, dämmerte es bereits. Morgen war Donnerstag, da würde sie als erstes im Stadtgartenamt anrufen. Die müssten ja schließlich wissen, wie man diese wildgewordenen Rosenstöcke bändigen muss.

Als am Morgen der Wecker klingelte war sie beunruhigt. Eigentlich müsste es um diese Zeit schon viel heller sein. Dann sah sie es: Das Schlafzimmerfenster war vollkommen mit Rosenranken überwuchert. Fassungslos stürzte sie in die anderen Zimmer. Überall das gleiche Bild: Rosen und Dornen. Dann wollte sie die Haustür öffnen. Etwas hielt sie von draußen fest.

»Das gibt's ja nicht!« schrie sie außer sich »Hiiilfeeee!«

Dann klingelte das Telefon. Es war die Nachbarin »Jetzt reicht es!«, brüllte sie. »Unternehmen Sie etwas, sofort …« Eine Schar von Schimpfwörtern folgte, die sie sich nicht weiter anhören wollte und drückte deshalb den ›Aus‹ Knopf. Kaum hatte sie aber aufgelegt, klingelte es schon wieder. Die nächste Nachbarin. So ging es eine ganze Stunde, bis sie endlich das Telefon von der Leitung kappte. Offenbar war die ganze Siedlung mit dornigem Gestrüpp und Rosenblüten zugewachsen.

Sie nahm ihr Smartphone und wählte die Nummer vom Stadtgartenamt. Es war zwar noch nicht ganz acht Uhr, aber nach ein paarmal Läuten hob jemand ab. Noch völlig aufgelöst und verstört erklärte sie dem Mann die Situation.

»Und die Rosen sind von uns?«, fragte der Mann.

»Ja sicher, Usurpatore heißt sie.«

»Kenn ich nicht. Sagt mir gar nichts.«

»Aber ich hab sie doch bei ihnen gekauft. Vorgestern. Bei einem Kollegen von ihnen. Nicht sehr groß. Um die fünfzig. So einen grauen Arbeitsmantel hatte er an … mit dem Logo vom Stadtgartenamt.«

»Wir haben grüne Arbeitskleidung. Graue gibt's gar nicht bei uns … da müssen Sie wohl woanders gewesen sein.«

»Das gibt's doch nicht! Stadtgartenamt, Dahlienweg 1b. Verkauf Dienstag von 8 bis 12 Uhr.«

»Dahlienweg 1a. Hören Sie verehrte Dame, wir haben sehr viele Rosensorten und wir verkaufen natürlich auch welche. Aber eine Usurpatore haben wir nicht und auch nie gehabt. Da bin ich mir ganz sicher.«

Klettern

»Die meisten Probleme entstehen bei ihrer Lösung.«
Leonardo Da Vinci

Als Kind war Sanna kein Baum zu hoch, kein Abhang zu steil. Und es versteht sich fast von selbst, dass sie nie ein Seil, geschweige denn Helm, Gurt, Kletterhaken oder Karabiner gebraucht hätte. Sie hatte zwei Füße, um nach festem Stand zu tasten, zwei Hände um zu greifen und sich festzuhalten, und ein paar wissende Augen, um den nächsten Griff auszumachen, der aufwärts führte. Ihr Körper schien von klein auf dazu gemacht, sich nicht nur horizontal, sondern auch vertikal fortzubewegen. Und sie hatte vor allem Spaß an letzterem. Je höher, desto lieber.

Hätten ihre Eltern von den Ausflügen gewusst, wäre der Lohn dafür eine schallende Ohrfeige gewesen. Aber auch davon hätte sie sich nicht abhalten lassen. Im senkrechten Fels aufwärts fühlte sie sich lebendig und in ihrem Element.

Es war eine dieser Nächte, in welchem der Kopf nicht zur Ruhe kam. Schlaf finden und aufwachen zwischen Traum und Wirklichkeit. Solche Nächte, über die man schwören würde, dass man kaum zwei Stunden geschlafen hatte, obwohl ein stiller Beobachter gleichermaßen stete Atem- und Schnarchgeräusche bestätigen würde.

Sanna drehte sich noch im Halbschlaf auf die rechte Seite und schlug dann die Augen auf. Es dämmerte bereits und im Halbdunkel fiel ihr Blick auf das bärtige Gesicht von Peter. Da fiel es ihr wieder ein. Der Streit gestern Abend. Peter hatte ihr eröffnet, dass sie nach Dubai gehen würden. In zwei Wochen. Ganz selbstverständlich hatte er angenommen, dass sie mitkommen würde. Schließlich wären sie seit sieben Jahren ein Team, hatte er gemeint.

Für Peter waren die Windräder, Sendemasten, Fassaden, Hochhäuser und Industrieprojekte in schwindelnder Höhe der ultimative Kick. Sie kannte Peter. Die abwechslungsreichen Herausforderungen zwischen Klettern und Technik waren seine Leidenschaft. »Du hast doch auch Spaß daran«, hatte er gesagt. Sanna spürte wieder die Wut im Bauch hochkommen. Er hatte offenbar keine Ahnung davon, woran sie wirklich Spaß hatte. Sicher war ihre Arbeit interessant und brachte auch finanzielle Sicherheit, aber für lange Zeit und hopp, hopp nach Dubai? Nein. Sanna konnte sich ein Leben ohne Berge, ohne den Fels unter ihren Fingern, ohne Freeclimbing einfach nicht vorstellen. Weder für einen Monat und schon gar nicht für die von Peter in Aussicht gestellten drei Jahre.

Seit sieben Jahren arbeiteten sie zusammen im Team und fünf Jahre lang waren sie ein Paar. Kannte er sie so wenig? War es ihm egal? War die Arbeit alles, was sie verbunden hatte? Und hatte er sie überhaupt jemals ernst genommen?

Sanna spürte die Distanz zu Peter. Obwohl er gerade so nah bei ihr lag, tat sich plötzlich ein tiefer Abgrund auf. Genauso gelassen wie er gestern das Dubai-Projekt präsentiert hatte, schlief er hier neben ihr, ganz friedlich und entspannt.

Sie hielt diesen Anblick nicht mehr aus und stand auf. Es war fünf Uhr dreißig und draußen wurde es langsam hell. Sie ging in die Küche, setzte Teewasser auf und zog sich an. Dann saß sie da, die dampfende Tasse in den Händen und schaute ins Leere. In ihrem Kopf kreisten die Fragen zum Gehen oder Bleiben und den jeweils damit verbundenen Konsequenzen.

»Drei Jahre!«, stieß sie halblaut aus. »Der spinnt doch.« Dann sprang sie auf, schlüpfte in ihre Sneakers und legte eine Nachricht auf den Tisch – *Bin zur Geierwand*. Sie musste den Kopf frei bekommen.

Die Kletterrouten der Geierwand kannte sie im Schlaf. Heute wählte sie den schwierigsten Einstieg, der an der hohen Fichte vorbei über den kleinen Überhang nach oben führte. Heute brauchte sie eine körperliche Herausforderung, um wieder klar zu werden. Als sie an der Wand ankam, war ihr vom Anstieg warm geworden. Sie machte ein paar Dehnungsübungen und legte sich den Chalkbag um die Hüften. Dann war sie bereit für den Aufstieg. Während ihr Blick die Wand hoch wanderte und die möglichen Griffe erkannte, kreiste hoch über ihr ein größerer Vogel. An jedem anderen Tag hätte sie ihm und seinen scharfen »Pijä« Rufen mehr Aufmerksamkeit geschenkt. Diesmal aber war sie abgelenkt und nahm den kreisenden Schatten nur am Rande wahr.

Auf den ersten Metern nach oben tauchten immer wieder Bruchstücke der gestrigen Auseinandersetzung auf. »Das ist doch eine Riesenchance … wir gehören doch zusammen … und … du willst das doch auch«, hatte Peter gesagt. Offenbar hatte er keine blasse Ahnung, was sie wollte. »Hey, wir verdienen das Dreifache«, meinte Peter noch, als ob sie das Geld jemals so wichtig genommen hätte. Nein wirklich, dachte Sanna, er hatte keine Ahnung.

Dann kam der Überhang und Sanna brauchte ihre ganze Aufmerksamkeit für diese schwierige Passage. Wieder hörte sie den Vogelruf: »Pijä, Pijä!«, tönte es über ihr. Kurz darauf, gerade ging es wieder senkrecht aufwärts, hielt sie inne. »Pijä!«, rief der Vogel wieder und unter ihr antworteten mit schrillem Ton »Piij – Piij – Piij« Rufe aus den Baumkronen. Sanna sah sich um, als sie plötzlich einen Aufprall im Bereich der Schultern spürte und gegen die Wand knallte. Ein Bussard, dachte sie noch, dann verlor sie den Halt und fiel.

Eigentlich hätte sie tot sein müssen.

Sanna streckte den rechten Arm aus und stöhnte auf. Ein scharfer Schmerz zog von ihrer Schulter über den Ellenbogen bis zum kleinen Finger. Langsam wandte sie den Kopf und sah sich um. Grün, grün – alles grün. Sie versuchte sich zu erinnern. Da war … der Bussard. Er hatte sie angegriffen. Oberhalb des Überhangs. Direkt oberhalb der Fichte war sie gefallen.

Dann spürte sie den rauen Druck diagonal unter ihrem Rücken und ein herber Geruch stieg ihr in die Nase. Was war das nochmal? Fichte … Harz … die Fichte hatte ihr das Leben gerettet. Sanna versuchte, ihre Lage im Geäst etwas zu verbessern und verlor dabei beinahe das Gleichgewicht. Wie lange lag sie schon hier, wie lange war sie weggetreten? Zwei Minuten – zwei Stunden? Die Uhr … hatte sie im Schlafzimmer liegen lassen. Dann hörte sie den Bussard wieder. Es war Frühling, dachte Sanna. Er musste ganz hier in der Nähe sein Nest haben. Zu dumm, dass sie nicht auf die Warnungen geachtet hatte.

Und dann fielen ihr wieder Peter und der Auftrag in Dubai ein. Und das Handy – rechts hinten in der Gesäßtasche. Sie hielt sich links an einem Zweig fest und rutschte auf ihrem Ast etwas nach rechts, um an ihre Pobacke heranzukommen. Dann wollte sie mit der rechten Hand nach dem lebensrettenden Gerät greifen. Wieder durchfuhr ein scharfer Schmerz ihren Arm. Sie hatte sich wohl die Schulter ausgerenkt. »Ahhh, verdammt …«, stieß sie aus. Dann versuchte sie sich aufzurichten. Schob sich mit den Beinen zum Stamm hin, bis sie daran angelehnt, aufrecht auf ihrem Ast saß. Sie blickte nach unten. Die Fichte war circa sechzig Meter hoch. Etwa das obere Drittel rundum mit Ästen bewachsen, darunter nur mehr der Stamm, an welchem hier und da ein paar Reste von abgebrochenen Zweigen herausragten. Wäre da nicht dieser irre Schmerz in der Schulter, würde sie einfach hinunterklettern, dachte Sanna. Also doch lieber Hilfe holen. Sie griff mit der linken Hand nach der rechten Gesäßtasche. Dabei versuchte sie, die verletzte Schulter so gut als möglich zu entspannen und den Schmerz wegzuatmen. Zentimeter für Zentimeter zog sie das Telefon mit den Fingern unter dem Stoff hervor und hatte es beinahe geschafft, als sie vor einem Flattern knapp über ihrem Kopf erschrak. Reflexartig ließ sie das Telefon los, um mit ihrer Hand den Kopf zu schützen. Das Handy fiel auf den Waldboden. »Scheiße, verdammte Scheiße!«, entfuhr es Sanna.

Eine Weile saß sie mit hängenden Beinen und einer Scheiß-Tagheute-Miene auf ihrem Ast und kam schließlich zur Erkenntnis, dass sie sich wohl selbst helfen musste. Entschlossen holte sie einmal tief Luft, sammelte sich und rutschte langsam dem nächsten Halt entgegen. Der Abstieg war schmerzvoll und Sanna hoffte inständig, dass der Bussard sie nun in Ruhe ließ. Langsam, mit einer Hand und den Füßen tastend, arbeitete sie sich nach unten und schließlich hatte sie es geschafft. Vollkommen erschöpft, aber erleichtert, fand sie ihr Telefon, das vom Sturz glücklicherweise nur ein paar Kratzer abbekommen hatte. Jetzt erst bemerkte sie, dass ihr Knie schmerzte und dass die Krallen des Bussards eine brennende Spur in ihrem Rücken hinterlassen hatten. Sie hatte genug für heute und tippte auf das Telefonsymbol. Peter anrufen? Nein, sie hatte keine Lust auf Erklärungen und weitere Diskussionen. Er musste ohne sie fahren. Sanna würde hier bleiben und notfalls irgendeine andere Arbeit finden. Hier gehörte sie hin, hier in den Bergen war sie zu Hause. Dann öffnete sie das Adressbuch und wählte die Nummer von Gregor – dem Freund und Kollegen von der Bergrettung.

Der Kuchen

»Über Geschmack lässt sich nicht disputieren.«
Immanuel Kant

N a du bist ja süß!«, sagte das Mehl. »Aber du bist zu früh. Die Germ war gerade noch im Kühlschrank und muss sich erst erwärmen. Außerdem bist du wieder einmal viel zu viel. Andauernd übst du dich in maßloser Selbstüberschätzung. Hauptsache süß, was?«

»Schau lieber auf dich selbst und plustere dich nicht so auf!«, sagte schnippisch der Zucker und ließ sich in das Mehl fallen, dass es nur so staubte.

»Salz, Salz …«, rief das Mehl, »sonst versüße ich hier noch. Das ist ja nicht auszuhalten, wie der sich aufdrängt.«

»Gleich, gleich«, sagte das Salz, »ich warte nur noch auf das Wasser.«

»Was? Keine Milch heute? Das ist doch langweilig.«

»Nein, Laktose-Unverträglichkeit«, meinte das Wasser.

»Wo bleibt denn jetzt die Germ? Ist ihr hoffentlich langsam warm geworden?«

»Seid nicht so ungeduldig, gut Ding braucht eben Weile«, sagte träge die Germ. Überhaupt schien die Langsamkeit in ihrem Temperament zu liegen. Denn sie kam erst bei gewisser Temperatur so richtig auf Touren. Weder zu heiß, noch zu kalt sollte es sein. Man konnte wirklich nicht behaupten, dass sie zu den Schnellsten gehörte. Aber wenn sie sich in idealer Umgebung erwärmen konnte, dann lief sie verlässlich zur Höchstform auf.

Mit einem satten, gemächlichen Plopp ließ sie sich ins Mehl fallen.

»Und wo bleibt jetzt das Wasser?«, maulte sie, als es im nächsten Moment auch schon auf sie niederfloss und rundum einen kleinen See bildete. Die Germ fühlte sich wohl und breitete sich aus.

»Und das Salz?«, meckerte das Mehl. »Ohne Salz mach ich nicht mit.«

»Ich warte noch auf Rosinen«, sagte bockig das Salz.

»Nein, igitt, bloß keine Rosinen!«, schrie der Zucker auf und schüttelte sich. »Ich bin die süßeste, die leckerste, die zuckrigste Hauptsache aller Mehlspeisen. Ohne mich seid ihr alle zusammen gar nichts.«

»Gib nicht so an!«, rieselte das Salz herbei und brachte die Rosinen mit. »Immer musst du gleich so einen Aufstand veranstalten. Als ob es überhaupt nichts Wichtigeres gäbe als dich. Dabei haben schon alle die Nase voll von dir. Warte nur, bis es heißt: Diabetes. Dann kannst du dir deine Auftritte sparen. Dann kannst du verschimmeln in deiner dämlichen Dose.«

»Ja genau, mir geht dieses ewige Gedöns auch schon auf die Nerven«, stimmte das Mehl mit ein.

»Also ein klein wenig Zucker macht es schon leichter«, sagte die Germ.

Die Rosinen fühlten sich zurückgesetzt, das Wasser wollte endlich anfangen und dem Salz platzte endlich der Kragen wegen der dauernden Verzögerungen.

Bald darauf artete die Diskussion in einen handfesten Streit aus. Die Parteien prallten aufeinander, schlugen und boxten sich, bis alle zusammen so durchmischt waren, dass sie ihre wahre Natur kaum mehr ausnehmen konnten.

Ofentür auf, rein mit der ganzen Gesellschaft und Ruhe war. Endlich!

Der zerbrochene Krug

»Je mehr du dich selbst liebst,
je mehr bist du dein eigener Feind.«
Marie von Ebner-Eschenbach

Prolog

Gruppeninspektor Richter hielt vor dem Schulgebäude. Schon von Weitem sah er Lebrechts antiquierten BMW, der mit Frontspoiler, Heckverkleidung und vier verchromten Auspuffrohren als Rennwagen verkleidet war. Feuerrot mit schwarzen Streifen sollte er wohl ein paar PS mehr vortäuschen, als tatsächlich unter der Haube waren. Wegen Übertretung von Geschwindigkeitsbegrenzungen hatte er Lebrecht schon mehrfach abgestraft. Diesmal aber hatte die Schulleitung angerufen, dass Lebrecht vor der Schule mit Drogen handeln würde.

Richter stieg aus und setzte sich die Dienstmütze auf das Toupet. Er war noch immer eine stattliche Erscheinung. Seine leicht geröteten Augenlider und der Bauch, der über den Gürtel hing, zeugten allerdings von langen Nächten am Stammtisch und sein sinnlich-begieriger Blick von zahlreichen erotischen Abenteuern. Bis vor einigen

Jahren zumindest. In Uniform aber fühlte er sich noch immer als der jugendliche Herzensbrecher, der er einmal gewesen war.

Deshalb fiel sein Blick zuerst auch auf das Mädchen, das zwischen den beiden jungen Männern stand. Er kannte sie, denn der Vorort hier hatte Dorfcharakter. Eva war die Tochter der Makler-Witwe. Und sie war ihm mit ihrer aufblühenden Weiblichkeit bereits einige Male aufgefallen. Er straffte seine Schultern und zog den Bauch ein. Er war schließlich dienstlich hier, sagte er sich und es war ihm nicht bewusst, dass sich für ihn das eine vom anderen nicht so gut trennen ließ.

Als Richter näher kam, packte der eine Bursche Lebrecht am Kragen und das Mädchen versuchte, ihn wegzuziehen.

»Was ist hier los?«, fuhr Richter dazwischen.

»Nichts Besonderes, nur eine kleine Meinungsverschiedenheit. Kein Fall für die Polizei.« Lebrecht hob unschuldig die Hände und vergrub sie anschließend grinsend in den weiten Taschen seiner Hose, die lässig auf seinen Hüften hing.

»Ihre Ausweise bitte!«

»Hab ich etwa falsch geparkt?«, feixte Lebrecht und fingerte in der Gesäßtasche nach seinem Portmonee. Richter verlieh seiner Forderung mit ausgestreckter Hand Nachdruck.

»Iss ja gut«, sagte Lebrecht und streckte Richter seinen Führerschein hin. Ohne Lebrecht aus den Augen zu lassen, wandte sich Richters Hand an den anderen jungen Mann. »Ihren auch!«

Der wühlte hektisch in seinem Rucksack, zog schließlich einen zerknitterten Personalausweis hervor und ließ die Tasche offen an seiner Schulter hängen. Richter faltete die Dokumente auseinander.

»So, so. Robert Hölzl«, bemerkte er mit einem raschen Seitenblick zu Robert.

»Und Alexander Lebrecht.« Nach einer kleinen Pause fügte er hinzu: »Wir hatten ja schon das Vergnügen.«

Lebrecht zuckte grinsend mit den Schultern, drehte eine lässige kleine Runde um die kleine Gruppe und steckte sich eine Zigarette an.

Die Papiere in der Hand, wandte sich Richter dem Mädchen zu und tippte mit zwei Fingern der rechten Hand galant an den Rand seiner Schirmmütze. Hübsch war sie, dachte er. Kein aufdringliches Makeup, grelles Outfit oder provozierende Piercings wie manche andere junge Mädchen heutzutage. Nur ihre Nike-Tasche wies darauf hin, dass sie ein Kind der Zeit war. Nein, sie wirkte wie ein nettes, vielversprechendes Mädchen auf Richter. Ein wenig schüchtern vielleicht, aber gerade das fand er reizend.

»Ich habe aber nur einen Schülerausweis dabei«, sagte sie.

Richter wiegte den Kopf. »Dann werde ich Sie wohl mitnehmen müssen …«

»Aber warum?«

Richter lachte begütigend: »Schon gut, das genügt schon«, und nahm ihren Ausweis, von welchem ihm ein typisches Automatenfoto entgegen starrte. »Hmmm, Eva Krull also. Das Foto sollten Sie mal austauschen.«

»Warum? Das ist noch ganz neu.«

»Mag sein, aber dieses Bild wird der Wirklichkeit nicht gerecht«, sagte er schmeichelnd und sah mit einem schnellen Blick, wie Eva rot wurde. Dann gab er den Ausweis zurück und wandte sich wieder Lebrecht zu.

»Nun zu Ihnen Lebrecht. Taschen ausleeren!«

»Was?«

»Sie haben schon richtig gehört, leeren Sie ihre Taschen aus!«

»Was soll denn das jetzt, das grenzt ja an Polizeigewalt.«

»Mach keinen Aufstand, sondern tu es einfach. Zeig her, was du so mit dir herumträgst. Wenn du nichts zu verbergen hast, dann hast du auch nichts zu befürchten.«

»Komm mach schon«, fügte er mit einem Seitenblick auf Eva Krull hinzu. Seitlich neben ihm nahm er zwar eine Bewegung wahr, durch Evas Anwesenheit war er aber abgelenkt. So fand sich in Lebrechts Taschen nichts weiter als seine Brieftasche, Zigaretten, ein Sturmfeuerzeug, die Schlüssel zum roten Rennwagen und ein Kondombriefchen.

»Ist das alles?«

»Sehen Sie doch selbst nach«, frohlockte Lebrecht und drehte so weit als möglich die Taschen um.

Richter gab ihm den Führerschein zurück. »Ich krieg dich schon noch, Freundchen.«

»Wenn Sie glauben. Kann ich jetzt gehen?«

Richter gab Lebrecht den Führerschein zurück und machte ihm mit einer Handbewegung klar, dass er hier nichts mehr verloren hatte.

»Nun zu Ihnen.« Richter senkte seinen Blick auf den Personalausweis. »Robert Hölzl. Was haben Sie zu schaffen mit Lebrecht?«

Robert machte entrüstet einen kleinen Schritt rückwärts. »Gar nichts.«

»Sie haben sich hier mit ihm getroffen?«

»Nein. Eva und ich haben uns verabredet. Er kam einfach dazu«, stieß Robert noch immer verärgert aus.

»Und was war da eben noch?«

»Gar nichts, was soll gewesen sein?« Robert schielte auf seinen

Ausweis in Richters Hand. »Können wir jetzt gehen?«

»Zuerst will ich sehen, was Sie in Ihren Taschen haben.«

»Was?«

»Ja, Taschenkontrolle. Wir haben eine Anzeige wegen Drogenhandel.«

»Wenn es unbedingt sein muss, aber Sie werden bei mir nichts finden. So ein Zeug brauch ich nicht.«

»Das werden wir ja sehen.«

Robert hielt Richter den Rucksack hin. Mit prüfendem Blick versenkte Richter seine Hand in den Nischen und Ecken der Tasche. Dann zog er drei Joints ans Tageslicht.

»Und was ist das hier?«

»Das … das … das ist nicht von mir. Das muss …«

»Ich würde sagen, das spricht für sich. Wir klären das auf dem Revier, nicht wahr? Herr Hölzl!« Richter packte Robert am Oberarm und führte ihn zum Streifenwagen. Dort hieß er ihn am Rücksitz einsteigen und ließ die Tür ins Schloss fallen.

Eva folgte den beiden. »Aber das können Sie doch nicht machen. Robert würde niemals …«

Richter wandte sich zu Eva um. »Sie haben doch gesehen, was er in seiner Tasche hatte. Das gibt eine Anzeige und wer weiß, was wir sonst noch herausfinden.«

»Aber Robert doch nicht. Ich kenne ihn doch, er würde nie so ein Zeug rauchen. Er ist doch so ein Gesundheitsapostel. Das passt überhaupt nicht zu ihm.«

»Tja, so kann man sich täuschen, Fräulein Krull.«

»Nein, ich täusche mich ganz bestimmt nicht, Robert ist nicht so einer. Sie können ihn doch nicht einfach mitnehmen. Dürfen Sie das überhaupt?« Eva tänzelte um Richter herum, um einen Blick auf Robert zu werfen.

»Sie müssen ihn gehen lassen. Er hat doch gar nichts getan.« Sie versuchte, an Richter vorbeizukommen, um die Wagentür zu öffnen.

Richter fasste sie an den Schultern und sah, wie sich Evas Augen mit Tränen füllten.

»Jetzt beruhigen Sie sich doch. Es wird sich alles klären. Vielleicht können Sie ja etwas Nützliches zum Fall beitragen. Vorerst allerdings bleibt Hölzl in Haft.«

»Das war sicher Lebrecht. Wahrscheinlich wollte er …«

»Das mag ja sein. Ich muss jetzt aufs Revier. Ich komme morgen Nachmittag bei Ihnen vorbei, dann kann ich Ihre Aussage aufnehmen. Sie sind zu Hause?«

Richter schob Eva beiseite und ging zur Fahrertür.

»Ja … gut. Und Robert?«

»Bleibt fürs Erste in Gewahrsam.« Dann stieg Richter ein und fuhr mit Robert davon.

Ein paar Straßen weiter hielt er an und ließ Robert aussteigen. »Lassen Sie sich das eine Warnung sein.«

»Was für eine Warnung? Ich habe nichts zu schaffen mit dem Zeug. Und was ist jetzt mit der Anzeige?«

»Die kann ich Ihnen nicht ersparen. Sie bekommen eine Vorladung in den nächsten Tagen.«

»Das gibt's doch nicht«, stieß Robert aus und warf sich wütend den Rucksack über die Schulter. »Na warte, der wird mir das büßen. Der Lebrecht, dieses Arschloch. Der hat mir das eingebrockt.«

Ein dreistes Angebot

Richter hatte sich zum Dienstschluss noch zwei, drei Bier in Gesellschaft seiner Stammtischrunde genehmigt. Aber Eva Krull ging ihm nicht mehr aus dem Sinn. Ständig geisterten die Bilder ihrer Erscheinung in nicht enden wollenden Bildern durch seinen Kopf. Ihre Augen, das lange brünette Haar – durch das er so gern seine Finger gleiten lassen würde, ihre schlanke Gestalt, und schließlich die handgroßen Brüste, die sich unter dem T-Shirt abgezeichnet hatten.

Immer wieder verlor er sich in diesen Phantasien und musste sich von seinen Stammtischkumpanen mehrfach anhören, dass er nicht bei der Sache sei. Sie lachten bereits über ihn und mutmaßten, dass er wohl wieder hinter irgendeinem Rock her wäre.

»Wer ist es denn diesmal?«

»Bist du die Weiber hier nicht schon durch?«

»Das muss ja eine ganz besonders Rassige sein, wenn du mit so einem Gesicht durch die Gegend läufst.«

»Oder bist du geil auf eine Jungfrau?«

»Hast du sie schon flachgelegt?«

»Sag schon, welche hat dir denn so den Kopf verdreht?«

Wenn sie wüssten, wie recht sie haben, dachte Richter. Aber diesmal ging es um mehr als nur ein amouröses Abenteuer. Etwas an diesem Mädchen reizte ihn so sehr, dass er kaum einen klaren Gedanken fassen konnte. Lange vor der gewohnten Zeit verließ er die Wirtsstube und bog hinter dem Gasthaus auf den Weg ab, der den Fluss entlangführte. Er musste sich Bewegung verschaffen. Ordnung in das Durcheinander bringen. Die Bilder los werden.

Aber mit jedem Schritt reifte ein Entschluss. Eigentlich wollte er erst morgen, wie angekündigt, bei Eva Krull auftauchen. Aber warum nicht jetzt, dachte er. Wahrscheinlich war jetzt auch ihre Mutter zuhause und damit würde er ganz unverfänglich Eva befragen können. Es war zwar schon dunkel, aber erst neunzehn Uhr dreißig. Also nicht vollkommen zu spät für eine dienstliche Erhebung. So machte Richter auf dem Absatz kehrt und ging raschen Schrittes den Weg zurück zum Gasthaus, wo sein Streifenwagen stand.

Wenig später stand er vor dem Haus der Frau Krull. Hinter der Eingangstür sah er durch das kleine Glasfenster Licht im Flur. Es war also jemand zu Hause, stellte Richter fest. Die Fenster zur Straßenseite waren zwar dunkel, aber wahrscheinlich hielten sich Mutter und Tochter im rückwärtigen Teil des Hauses auf, vermutete er und drückte den Klingelknopf am Eingangstor.

Ein leises Summen ertönte und das Gartentor sprang auf. Auf dem Weg zur Haustür nahm er seine Mütze ab, ging die Treppen hoch und atmete tief durch, als ihm von Eva geöffnet wurde.

»Guten Abend Fräulein Krull. Wie schon angekündigt komme ich wegen Ihrer Aussage.«

»Hallo … Ja gut. Was wollen Sie denn wissen?« Eva stand in der offenen Tür und verschränkte die Arme.

»Also wegen Lebrecht. Können wir das drinnen besprechen?«

Eva zuckte die Achseln, trat zur Seite, um Richter vorbeizulassen und schloss die Tür. Am Ende des Flurs stand eine Zimmertür offen und dahinter konnte Richter den Fernseher laufen hören.

»Ist Ihre Mutter zu Hause?«

»Ähmm, nein, sie kommt erst später.«

»Ja gut. Also zu Lebrecht. Wie gut kennen Sie ihn?«

»Flüchtig. Er ist immer wieder mal bei einer Party aufgetaucht.«

»Und ist Ihnen dabei etwas Besonderes aufgefallen?«

»Was meinen Sie?«

»Haben Sie mitbekommen, dass er Drogen verkauft hat? Joints, Pillen und so weiter?«

»Nein, aber kann schon sein, dass der etwas geraucht hat. So wie der immer hinter meinen Freundinnen her war. Und bei mir hat er es ja auch versucht.«

»Was war denn da los vor der Schule, heute Nachmittag? Warum hatten die beiden Jungs Streit? Worum ging es da?«

»Lebrecht hat eine blöde Bemerkung gemacht. Der glaubt ja immer noch, dass er mit mir etwas anfangen kann. Und Robert ist ausgetickt.«

»Also Lebrecht wollte Ihnen …«

»Er hat …« Eva wurde rot. »Das kann ich jetzt nicht sagen … Robert hat das auf jeden Fall mitbekommen und ist ausgerastet.«

Richter räusperte sich und suchte nach einer möglichst unverfänglichen Frage. In der entstandenen kleinen Pause breiteten sich Peinlichkeit und Beklemmung aus.

»Ja und dann? Wie glauben Sie, kamen die Joints in Roberts Tasche, wenn es nicht seine waren?«

»Ja wie schon. Lebrecht hat sie ihm wahrscheinlich untergejubelt. Robert ist nicht so einer. Das müssen Sie mir glauben. Der ist ja schon fast albern mit seinem Gesundheitsdings, das würde er nie tun. Der würde nicht mal einen Joint anfassen.«

»Und Sie?«

»Was?«

»Rauchen Sie ab und zu?« Richter glaubte das nicht wirklich, aber irgendwie wollte er sie in Verlegenheit bringen, ihr näher kommen.

»Nein! ... na ja, ich hab es mal probiert. Aber nur einmal.« Eva wurde wieder rot und Richter legte begütigend seine Hand auf ihre Schulter.

»Was ist jetzt mit Robert. Haben Sie ihn gehen lassen? Bekommt er wirklich eine Anzeige?«

»Die Anzeige ... hmmm ... Da findet sich schon eine Lösung.« Richter ließ seine Hand von Evas Schulter heruntergleiten. In der Höhe ihrer Brust hielt er inne. Dabei verlor er sich in Evas Augen, die ihn groß und grün anleuchteten, als plötzlich das Licht ausging.

»Also die Anzeige ...« Richter beugte sich im spärlichen Restlicht hinunter zu diesen Augen, diesem Mund, griff nach der Haarsträhne, die ihr über die Brust hing, ließ die Finger durch ihr langes Haar gleiten, wanderte mit seiner rechten Hand über die wundervolle Mädchenbrust und spürte ihren Herzschlag, als er hinter sich ein Geräusch wahrnahm.

Die Mutter, dachte er noch, als ihn auch schon ein Schlag auf den Kopf traf. Benommen ging er in die Knie.

»Du Hund, dir werd ich's zeigen!« Das war nicht die Stimme der Mutter, dachte Richter noch und tastete nach seiner Mütze, die er einen Augenblick davor hatte fallen lassen und schnitt sich an den Scherben eines Gefäßes, das auf seinem Kopf zerborsten war.

»Verschwinde du Mistkerl! Du Affe ... du Schleimer ... Saukerl, du falsches Aas, Wüstling ... hau endlich ab!« Jedes Wort unterstrichen von Schlägen und Tritten, floh Richter durch die offene Haustür, stolperte über die Stufen nach unten und landete in einem Blumenbeet. Hinter sich hörte er die Stimme brüllen: »So ein Arsch ... ich hätte es wissen müssen ... und du? ... du ... du, du Flittchen du!«

Richter versuchte sich aufzurichten, als ihm ein scharfer Schmerz durch den Knöchel fuhr. Aber Schmerz hin oder her, er musste weg von hier. Auf dem Weg zum Gartentor sah er Frau Krull nach Hause kommen. Dieser Ausweg war ihm also versperrt. Mit gehetztem Blick wandte er sich nach rechts. Eine Feuermauer. Also auf die andere Seite. Zwischen dichten Büschen wies ihm ein niedriger Lattenzaun zum benachbarten Garten den Fluchtweg. Gott sei Dank hatte er den Streifenwagen drei Straßen weiter geparkt und niemand außer Eva hatte ihn erkannt. Oder?

Der Teufel

Licht warf seine Schirmmütze auf den Schreibtisch und zog geräuschvoll den Stuhl hervor, um sich zu setzen. Wieder einmal war er der Dumme, der den Spätdienst übernehmen musste. Richter fand ständig irgendeine neue Ausrede, um sich zu drücken. Aber eines Tages, da war sich Licht ganz sicher, würde er selbst auf dem Sessel des Chefs sitzen. Dann würde er das Sagen über Dienstpläne und Pflichten haben.

Er ging zur kleinen Küchenzeile, füllte Wasser in die Kaffeemaschine, bestückte den Trichter mit einem frischen Filter und einigen Löffeln Kaffee und schaltete ein. Während die Maschine anfing zu fauchen und zu gurgeln, fiel ihm der Anruf der Schuldirektorin ein. Richter war dort gewesen, konnte aber Lebrecht nichts nachweisen. Wahrscheinlich hatte Lebrecht irgendwo im Umfeld der Schule ein Depot, denn die Hinweise waren doch ziemlich klar gewesen.

Sicher hatte Richter etwas übersehen, dachte Licht und wahrscheinlich hätte man nur genau hinsehen müssen. Ziemlich zerstreut war Richter vom Einsatz zurückgekommen. Hatte ein mehr als bruchstückhaftes Protokoll abgeliefert. Konnte kaum einen vernünftigen Satz formulieren. Inspektor Licht musste nicht lange darüber philosophieren, wo sein Chef mit seinen Gedanken war. Er war wieder einmal hinter einem Frauenzimmer her. Dessen war er sich vollkommen sicher.

Er goss sich Kaffee ein und setzte sich an den Schreibtisch, als das Telefon läutete. Kaum hatte er abgehoben, schrillte ihm eine Frauenstimme entgegen. »Kommen Sie sofort! Einbrecher, Vandalen, der hat meinen kostbaren Krug zerschlagen!«

Es dauerte eine Zeit, bis es Licht gelang, die Frau so weit zu beruhigen, dass er ihren Namen und die Adresse herausbringen konnte. Es war im Villenviertel und Licht musste das Fahrrad nehmen, da Richter wie üblich mit dem Streifenwagen unterwegs war.

Fluchend und schnaufend kam er vor der Villa Krull an, da sie oberhalb der Vorstadt auf halber Höhe des Hanges lag. Er lehnte sein Rad an den Gartenzaun, wischte sich den Schweiß von der Stirn und atmete ein paarmal aus. Dann drückte er den Klingeltaster.

Im Haus wartete bereits ungeduldig Frau Krull, um ihm den Schuldigen zu präsentieren. Robert Hölzl sollte mutwillig den Krug zerschlagen haben. Hölzl aber beteuerte, dass er damit einen Nebenbuhler in die Flucht geschlagen hätte. Er war überzeugt davon, dass er in der Dunkelheit Lebrecht erkannt habe. Schon wieder dieser Lebrecht, dachte Licht. Merkwürdig war nur, dass sich Eva Krull fast beschämt im Hintergrund hielt. Gewissenhaft schrieb Licht alles auf und machte sich anschließend auf Spurensuche.

»Durch die Haustür ist er geflohen, dieses Schwein!«, rief ihm Hölzl nach, als er draußen mit der Taschenlampe die Spur aufnahm, die angeblich Lebrecht hinterlassen hatte. Unter der Treppe fand er im Blumenbeet eine große Kuhle mit abgebrochenen Rosen und zertrampeltem Lavendel.

»Also ist er die Treppe hinuntergestürzt«, folgerte Licht und fand bald kleine Erdbrocken und abgebrochene Lavendelstängel in Richtung des Nachbargartens.

»Aha, da ist er lang«, bemerkte er mit einem Blick über den niedrigen Lattenzaun. Wenig später läutete er bei Sofie Pilz, die so prompt »Ja, wer is da?« rief, als ob sie schon auf ihn gewartet hätte.

»Inspektor Licht, ich habe ein paar Fragen und ich muss mich in Ihrem Garten umsehen.«

»Kommens wegen dem Schwarzen …?«

»Bei Ihrer Nachbarin gab es einen Überfall mit Sachbeschädigung. Und der Täter ist ganz offensichtlich über Ihren Garten geflüchtet. Haben Sie etwas gesehen?«

»Ja freilich hab ich ihn gsehen, da Teifl war's. Meine ganzen Lilien hat er zertrampelt. Mei die heilige Maria wird weinen über des Unglück. Alles hin. So schön warn's meine Lilien. Kommen's, i zeig's Ihnen. Aber über die Brennnessel is er a. Sicher wollt er si des fesche Mädel holen. Die Tochter von der Frau Krull, wissen's. Kommen's nur weiter i zeig's Ihnen.«

»Haben Sie ihn erkannt?«

»Ja sicher, da Teifl war's, da Luzifer, da Leibhaftige!« Licht sah die kleine Frau skeptisch an.

»Glauben's mir leicht ned?«

»Na ja, im Dunkeln sind wohl alle Gestalten schwarz.«

»Na, na«, schüttelte sie entschieden den Kopf, »den hätten's sehen müssen. Übern Zaun is er nübergflogen, a normaler Mensch kann doch ned fliegn … und dann hat er meine Lilien niedergmäht, ahhh meine schönen Lilien, schaun's nur, alle dahin. Und dann is er dort übers Gartentor weg. Aus dem Küchenfenster hab ich's genau gesehen.«

Licht besah sich das zerstörte Lilienfeld. Dahinter, angrenzend an den Gartenzaun, ebenso niedergetreten, ein breites Feld mit hüft-hohen Brennnesseln. Dann drehte er sich zur kleinen Frau um: »Der Teufel also?«

Frau Pilz nickte heftig. »Ja, da Teifl, wo junge Madln wohnen is da Leibhaftige ned weit. Des war scho immer a so.«

»Ja vielen Dank Frau Pilz. Das genügt mir fürs Erste.« Dann steckte er kopfschüttelnd seinen Notizblock ein und ging zu seinem Fahrrad. Auf jeden Fall gab es da noch Klärungsbedarf, fand er. Morgen würde er alle Beteiligten aufs Revier bestellen.

Böses Erwachen

Am nächsten Morgen quälte sich Richter schwerfällig aus dem Bett. Die Wunden am Kopf und seine Hände brannten. Sein Fuß schmerz-te empfindlich und war so weit angeschwollen, dass er nur mühsam in die Schuhe kam. Notdürftig hatte er gestern seine Blessuren ver-arztet und war erschöpft in einen unruhigen Schlaf gefallen. Eigent-lich wollte er sich wenigstens einen Tag frei nehmen. Aber Licht, dieser Eiferer, hatte die Frau Krull und angebliche Zeugen aufs Revier geladen. Er musste wissen, was diese Leute gesehen haben und möglicherweise Eva an einer wahrheitsgemäßen Aussage hin-dern. Wenn nämlich die Wahrheit ans Licht käme, dann wäre es aus mit dem Polizisten Richter. Schließlich hatte er schon einmal wegen so einer blöden Geschichte Ärger bekommen und war deshalb in die Vorstadt versetzt worden. Damals hatte er sich geschworen, nie wieder etwas mit einer Kollegin anzufangen. Aber die Sache mit Eva war doch etwas ganz anderes. Hatte sie nicht mit ihm geflirtet? Sie wollte es doch auch? Zum Glück ging im entscheidenden Moment das Licht aus, dachte Richter und hoffte einmal mehr, dass ihn niemand erkannt hatte. Mit Eva würde er schon fertig werden.

Erschöpft ließ er sich fertig angezogen auf die Bettkante fallen, um sich noch einen Moment zu sammeln. Dann stand er auf und suchte seine Perücke.

»Das gibt's doch nicht … sie muss doch irgendwo sein!«

Im Wohnzimmer stand die halbe Flasche Wacholderschnaps, mit welchem er äußerlich und innerlich seine Wunden versorgt hatte. Er hatte zwar ein paar Gläser davon hinuntergekippt, aber dass er so betrunken gewesen war, dass er jetzt nicht mehr wusste, wo er sein Toupet hingelegt hatte, das konnte doch nicht sein. Oder?

Seine Dienstmütze fand er auf dem Sofa. Und die Zeit drängte, wenn er am Revier sein wollte, bevor Eva eintraf.

Revierinspektion

Licht saß gerade am Schreibtisch und telefonierte, als sein Vorgesetzter die Wachstube betrat. Licht hob den Kopf und verfolgte ihn mit staunendem Blick von der Tür bis zu seinem Schreibtisch, der hinter seinem eigenen stand. Dann legte er auf.

»Morgen …«, sagte er entgeistert. »Was ist denn mit dir passiert?«

»Unfall … gestern«, winkte Richter mürrisch ab und setzte sich hinter den Schreibtisch, wo Frau Krulls Anzeige lag. »Was war denn da los gestern? Und warum zum Kuckuck hast du die alle herbestellt? Nur wegen einer idiotischen Vase?«

»Krug.«

»Dann halt Krug. Ist ja egal. Hättest du das nicht gestern vor Ort klären können.«

»Ja, wenn es nur um den Krug ginge. Aber da lief deutlich noch etwas anderes. Irgendetwas, worüber die nicht reden wollten. Ich habe es ganz deutlich gespürt. Und Lebrecht hängt da vielleicht auch drin, deshalb habe ich ihm eine Vorladung geschickt. Oder es war noch ein anderer dabei.«

»Ach was, was du immer spürst … Es hätte gereicht, wenn du die Schadenssumme samt Zeugenaussagen aufgenommen hättest. Dann hätten wir das Ganze seinem geregelten Gang zugeführt und gut wäre es. Aber du musst ja immer ein großes Ding machen aus allem.«

»Nein, nein … diesmal bin ich mir ganz sicher, da steckt mehr dahinter. Du wirst schon sehen.«

»Und wer war das eben am Telefon?«

»Ach ja, ganz wichtig.« Licht legte eine Kunstpause ein und Richter rollte ungeduldig die Augen.

»Was? Red schon!«

»Der Fuchs war es. Vom Nachbarrevier. Die werden geschlossen.«

«Wie, geschlossen?«

»Sparmaßnahmen. Reformieren nennen sie das. Eine Revisorin war da und hat alles von zuunterst nach oben gekehrt. Einige Unregelmäßigkeiten wurden aufgedeckt, die Wache wird geschlossen und Fuchs wird in irgendein Kaff versetzt.«

»Ja und?«

»Also die Revisorin ist unterwegs zu uns. Fuchs wollte uns warnen.«

»Was?«

»Ja, gegen elf Uhr dreißig sollte sie da sein.«

»Oh Gott, auch das noch.« Richter stand auf und lief neben den beiden Schreibtischen auf und ab.

»Warum sagst du das nicht gleich!«, fuhr er Licht an.

»Ruf die Krull an und verschieb den Termin. Und die anderen auch.«

»Ich fürchte, dafür ist es zu spät.« Licht wies auf das Fenster zur Straße, wo gerade Frau Krull ihren Mercedes parkte.

Richter ließ sich auf seinen Stuhl fallen. »Ich bin geliefert.«

»Was?«

»Nichts.«

Die Drohung

Richter wollte noch sagen: ›Geh hinaus und bestell sie für später‹, aber im gleichen Moment ging bereits die Tür auf und Frau Krull kam mit Eva herein.

»Guten Tag die Herren. Hier bin ich«, pflanzte sie sich vor Inspektor Licht auf und schenkte Richter einen neugierig abschätzenden Blick.

»Und sehen Sie, den Krug habe ich gleich mitgebracht. Oder was davon übrig geblieben ist. Was für ein Jammer …«

Eva setzte sich neben der Tür auf die Bank und schlug die Augen nieder.

»Gut, dann nehmen wir die Anzeige auf, Frau Krull. Sie können sich hier hinsetzen«, sagte Licht und stellte ihr einen Stuhl neben seinen Schreibtisch hin.

»Schildern Sie mir noch einmal den Tathergang Frau Krull.«

»Aber das habe ich doch alles gestern …«

»Ich weiß, vielleicht haben wir ja noch etwas übersehen.« Licht lächelte die Frau einladend an.

»Ja gut«, seufzte sie und begann zu erzählen, während Licht alles in den Computer tippte.

Da sah Richter seine Chance gekommen. Er würde einfach so tun, als ob er auf die Toilette müsste. Und dazu musste er bei Eva vorbeikommen. Dann setzte er sich langsam in Bewegung. Noch immer schmerzte sein Fuß bei jedem Schritt.

Vor ihr blieb er kurz stehen. »Kein Wort Eva. Du weißt, da ist immer noch die Anzeige«, raunte er leise. Eva hob kurz den Kopf und wurde rot. Aber ein Zucken der Wimpern verriet ihm, dass sie verstanden hatte. Richter setzte erleichtert seinen Weg fort. Am stillen Örtchen ordnete er seine Uniform. Das war alles, was er im Moment tun konnte, um bei der Revisorin einen besseren Eindruck zu hinterlassen. Was er im Spiegelbild sah, fand er nicht gerade ermutigend, aber es ließ sich jetzt nicht ändern. Sein Gesicht war zerkratzt und über der Halbglatze prangte eine lange Schnittwunde. Seine Hände brannten und juckten noch immer von den verdammten Brennnesselstauden. Er musste sich etwas einfallen lassen, falls die Revisorin danach fragte. Dann atmete er tief durch und streckte die Hand nach dem Türgriff aus.

Der Fall Krull

Als Richter das Büro betrat, stand die Revisorin schon da. Viel zu früh, dachte Richter.

»Guten Tag, Gruppeninspektor Richter nehme ich an. Walter mein Name. Dr. Rosmarie Walter.«

»Guten Tag, Frau Dr. Walter. Ja … was kann ich für Sie tun?«

»Ich nehme an Sie wissen bereits, warum ich hier bin.«

»Äh, ja … ungefähr. Bitte setzen Sie sich doch«, bot Richter der Revisorin einen Stuhl an. »Möchten Sie Kaffee, soll ich Frühstück holen lassen?«

»Nein, vielen Dank, ich habe bereits gefrühstückt. Kommen wir gleich zur Sache.«

»Wie Sie meinen. Selbstverständlich. Wie Sie wollen.« Richter rang sich ein gewinnendes Lächeln ab.

Frau Walter musterte ihn aufmerksam und wies auf seinen Kopf. »Dienstunfall?«

»Ähm nein, heute Nacht, eine Lampe ging zu Bruch.«

Dann wanderte ihr Blick auf seine Hände. Verdammt, der entging auch gar nichts, dachte Richter.

»Ekzem … kommt und geht wieder. Ist aber nicht ansteckend.«

»Na gut. Dann kommen wir zur Sache. Ich sehe, Sie haben gerade einen Fall hereinbekommen. Sachbeschädigung, wenn ich nicht irre. Ist der Täter gefasst?«

«Ja, er ist vorgeladen … sollte jeden Moment hier eintreffen. Und ich denke, es ist ein klarer Fall, keine große Sache, Frau Dr. Walter.«

»Gut dann warten wir auf ihn und hören uns an, was er zu sagen hat.«

»Ja sicher, wie Sie wünschen«, erwiderte Richter widerstrebend.

Das hatte ihm gerade noch gefehlt, dass sich diese Frau hier in die Vernehmung einmischt, dachte Richter, als Robert Hölzl eintraf.

»Da ist er ja, dieser Wüstling.« Frau Krull stand auf, holte die Bruchstücke des Glaskruges aus der Papiertüte und pflanzte sich vor der Revisorin auf.

»Sind Sie die Kommissarin?«

»Nein, ich bin nur als Beobachterin hier. Gruppeninspektor Richter ist hier zuständig. Und Inspektor Licht natürlich.«

»Na dann hoffe ich, dass Sie gut beobachten. Der da hat nämlich meinen Krug zerschlagen. Sehen Sie nur. Das war ein ganz exklusives Einzelstück von einem Glaskünstler aus Binz. Verstehen Sie? Ein Unikat. Dieser Krug ist mit zahlreichen Preisen ausgezeichnet worden. Und jetzt … wie soll mir das jemals ersetzt werden?«

»Was haben Sie denn bezahlt?«

»Ach was, der Preis. Mein einzigartiger Krug, das ist doch nicht wieder gut zu machen. Und der elende Nichtsnutz da, dieser Unhold, dieser Barbar hat ihn zerschlagen.« Damit zeigte sie auf Hölzl und lief auf ihn zu.

»Ich will Schadenersatz. Verhaften Sie ihn!«, schrie sie.

»Ja gut,«, mischte sich Richter ein, »dann ist die Sache ja klar. Wie hoch ist denn der Sachwert Frau Krull?«

»Aber ich sagte doch schon, dass der Krug unschätzbar wertvoll war. Sehen Sie nur, hier diese Landschaften und die Wellen des Meeres. Die Reinheit und Makellosigkeit des Glases. Niemals ist etwas Ähnliches geschaffen worden.«

»Aber der Krug muss doch einen Preis haben«, wandte Richter ein.

»Preis, Preis … Welchen Preis hat denn die Unversehrtheit eines so unvergleichlichen Kruges? Ich will, dass dieser Strolch bestraft wird. Wann verhaften Sie ihn endlich?« Frau Krull setzte sich widerwillig auf ihren Platz, sah fordernd von Richter zur Revisorin und wieder zu Richter und bedachte Hölzl mit einem verächtlichen Seitenblick.

»Wie gesagt, die Sache ist ja klar. Die Vase ist zerbrochen und Hölzl hat sie zerschlagen. Frau Krull hat ihn ja inmitten der Scherben angetroffen. Die Schadenssumme wird Frau Krull uns noch zukommen lassen. Licht, notieren Sie das und nehmen Sie Hölzl fest.«

»Aber das gibt's doch nicht ...«, rief Hölzl entrüstet aus.

»Moment, nicht so rasch. Lassen Sie uns doch hören was der Beschuldigte zu sagen hat«, wandte Frau Dr. Walter ein und winkte dem empört wartenden Hölzl, nach vorne zu kommen.

»Ja gut, wenn Sie unbedingt meinen, Frau Dr. Walter, aber das wird die Sachlage auch nicht ändern.«

»Also dann, erzählen Sie einfach, wie der Krug zu Bruch kam«, wandte er sich anschließend an Hölzl.

»Ich wollte gestern Abend Eva besuchen ...«

»Keine langen Ausschweifungen, einfach nur den Tathergang«, unterbrach ihn Richter.

»Nein, nein, lassen Sie ihn doch erzählen. Das interessiert mich«, mischte sich die Revisorin ein und bedeutete Hölzl fortzufahren.

»Ich wollte also Eva besuchen. Und als ich auf das Haus zulief, sah ich, dass alles finster war. Ich dachte schon, dass niemand zu Hause wäre. Aber die Haustür war offen. Und im Flur sah ich sie dann ... diese Schlampe.« Mit einem wütenden Blick sah er auf Eva, die noch immer an der Wand saß und Robert mit Tränen in den Augen ansah.

»Also die da, die da so unschuldig sitzt, stand im Flur eng umschlungen mit diesem Lebrecht, diesem Schwein. Im Dunkeln. Wahrscheinlich haben sie das Licht ausgemacht, um besser …«

»Ja, ja, ja … das haben wir ja schon alles gehört«, schnitt ihm Richter das Wort ab. »Aber der Krug. Wie ist das mit dem Krug passiert?«

»Ja was soll schon passiert sein. Im Finstern habe ich den nächstbesten Gegenstand erwischt und habe ihn dem Hund übergezogen. Der ging in die Knie und ist leider entkommen. Sonst hätte ich …«

»Das genügt uns. Was gewesen wäre, interessiert hier nicht, Herr Hölzl.«

Frau Krull rückte unruhig auf ihrem Platz hin und her und Eva wischte sich verstohlen die Tränen von den Wangen.

»Robert Hölzl, Sie bekommen eine Anzeige wegen Sachbeschädigung und können froh sein, wenn nicht noch Körperverletzung hinzukommt. Licht, Sie kümmern sich darum. Die anderen können nach Hause gehen.«

»Aber soll ich der Frau Doktor nicht darüber berichten, was ich am Tatort ermitteln konnte? Und Eva Krull haben wir ja noch gar nicht befragt.«

»Was soll das bringen, Licht? Der Schaden ist festgestellt und der Täter ebenfalls.«

»Nein, lassen Sie doch«, mischte sich die Revisorin wieder ein. »Ich möchte auch gern hören, was Eva Krull dazu zu sagen hat.«

Richter bedachte Eva mit einem warnenden Blick und winkte ihr dann vorzutreten.

»Also, hat Robert Hölzl den Krug zerschlagen?«

»Nein … ja … ja schon, aber er wollte mich doch nur verteidigen.«

»Phhh, verteidigen. Lebrecht hat bekommen, was er verdient hat. Du, du, du liebeshungrige Hupfdohle du!«

»Aber Robert, du glaubst doch nicht …«

»Ich glaube, was ich gesehen habe. Du und der Lebrecht …«

»Aber es war doch nicht Lebrecht!«, rief Eva verzweifelt aus.

»Ja wer soll es denn sonst gewesen sein? Der war doch schon immer hinter dir her. Glaubst du vielleicht, ich bin blind? Und wenn es nicht Lebrecht war, wer war es dann? Sag schon! Mit wem außer Lebrecht hast du es noch getrieben, sag schon!«

Eva schluckte und zuckte hilflos mit den Schultern. Wieder füllten sich ihre Augen mit Tränen.

»Sie können hier alles sagen. Fräulein Krull. Keine Angst«, mischte sich Frau Walter wieder ein. Richter wischte sich hastig ein paar Schweißperlen von der Stirn und starrte Eva warnend an.

»Also wer war es?«, fasste Frau Walter nach. Eva schüttelte verzweifelt den Kopf.

»Na gut, dann hören wir uns doch an, was Sie am Tatort gefunden haben, Inspektor Licht. Aber die Kurzfassung bitte.«

»Selbstverständlich, Frau Doktor. Den Spuren nach ist Lebrecht oder besser der Unbekannte über die Außentreppe in ein Blumenbeet gestürzt. Er muss sich verletzt haben. Denn ich habe ungleiche Fußabdrücke gefunden. Vom Profil her, solche Schuhe wie wir sie im Dienst tragen. Oder auch Wanderschuhe. Offensichtlich ist er über den Zaun der Nachbarin geflüchtet. Gleich dahinter waren nämlich die Brennnesselstauden und ein ganzes Beet mit niedergetretenen Lilien.«

»Also auch Anzeige gegen Lebrecht oder Unbekannt«, unterbrach Richter die Ausführungen und wägte mit einem raschen Seitenblick zur Revisorin ab, ob sie sich damit zufriedengeben würde.

»Sie haben Lebrecht vorgeladen?«

»Ja, er müsste eigentlich schon da sein.« Licht sah auf die Uhr und schien zu überlegen. »Soll ich ihn holen?«

»Nein, wer weiß, wo der sich jetzt herumtreibt. Wir werden ihn später befragen. Vielleicht kommt er ja auch noch«, entgegnete Richter grimmig.

»Fräulein Krull. Wenn Sie sich nun etwas beruhigt haben, können wir nun vielleicht erfahren, wer der Unbekannte war?«, wandte sich die Revisorin wieder freundlich an Eva. Richter stöhnte verhalten und räusperte sich.

»Genau, das will ich jetzt auch wissen. Wer war der Lustmolch? Raus mit der Sprache!«, empörte sich Robert wieder.

»Aber es war doch nur wegen der Anzeige, Robert.«

»Was soll denn das wieder heißen? Welche Anzeige?«

»Na die Anzeige gegen dich, wegen der Drogen … gestern …«

»Was …? Du spinnst doch …«

Das Corpus Delicti

Mitten in Evas Versuche einer Erklärung ging die Tür auf und die Nachbarin der Krulls, Sofie Pilz trat ein.

»Grüß Gott. Ich komm wegen meiner Zeugenaussage … wegen dem Überfall gestern.«

Das gibt's doch nicht, jetzt kommt auch noch diese bigotte Vettel daher, dachte Richter.

»Eigentlich hab ich ja diesem netten Inspektor gestern schon alles erzählt. Ned wahr? Aber i versteh schon, dass Sie das alles noch aufschreiben müssen. Muss ja alles seine Ordnung haben.

Weil, ich hab ihn ja gesehen, den Unhold. Gott sei Dank war ich nicht im Garten draußen, als er über den Zaun gflogn is. Wer weiß, ob i sonst hier stehen tät. Meine ganzen Lilien hat er zertrampelt, der schwarze Geist. Und wer weiß, wenn der nicht durch die Brennnesseln wäre, dann ...« Frau Pilz ging auf Richter zu und betrachtete interessiert seine Hände. »Sie haben wohl auch Brennnesseln ausgerissen. Die sollten's wachsen lassen, ist die beste Abwehr gegen den Teifel.« Dann wandte sie sich wieder an Licht. »Also ich hab's ja gestern schon gesagt, der Schwarze, der Luzifer war's und der wollt sich wohl das schöne Mädel holen. Ich hab ihn genau gesehen.«

Richter schüttelte entnervt den Kopf, war aber doch froh, dass Frau Walters Aufmerksamkeit von Eva abgelenkt war.

»Luzifer, Teufel ... also, ein schwarzer Unbekannter sozusagen. Kein Wunder, schließlich war es ja finster.«

»Ja freilich war's finster. Aber heut war ich nochmal im Garten und hab mir die Bescherung angesehen. Und in der Berberitzenhecken hab i das da hier gfunden.« Frau Pilz zog triumphierend ein zerzaustes Toupet aus ihrer Tasche.

»Das hat er verloren. Wollt sich wohl rausputzen für das Mädel, der Teixl.«

»Das ist doch ... ist das nicht ... also Adam, das sieht doch aus wie deines?«

Richter sank in sich zusammen und stützte den malträtierten Kopf in die rotgesprenkelten Hände. Alle Ausflüchte und Lügen hatten keinen Zweck mehr. Das Spiel war aus.

Der Büchernarr

»Von allen Welten, die der Mensch geschaffen hat,
ist die der Bücher die Gewaltigste.«
Heinrich Heine

Felix Übereit blätterte um. Er liebte dieses leise Geräusch des Papiers, wenn er mit dem rechten Zeigefinger das Blatt an der rechten oberen Ecke anhob und schließlich die Finger unter diese Seite gleiten ließ, um sie über die bereits gelesene zu schlagen. Dieses Umblättern war wie Musik in seinen Ohren. Manchmal stritt er beinahe mit sich, was ihn stärker zum Lesen antrieb: Dieses Geräusch oder die noch nicht gelesenen Geschichten.

Manchmal ertappte er sich dabei, wie er ein Buch nach dem anderen herausnahm und die Seiten befühlte. Manche waren hauchdünn und antworteten seinen Fingern in geheimnisvollem Flüstern wie Erlkönigs Töchter. Andere wieder waren stark und rau, machten seinem Tastsinn Eindruck. Und dann gab es auch noch jene Bücher mit Bildern, die auf glattem Papier gedruckt waren. Größer meist, als die anderen. Und obwohl sich ihr Geruch nach dem Auspacken verflüchtigte, würde Übereit sie an ihrer Duftspur aus den Bücherstapeln herausfinden.

Schon als Kind hatte ihn der Geruch von Büchern magisch angezogen. Manchmal schlich er sich nachts in die Bibliothek seines Vaters und atmete das Aroma der Bücherwände ein, bis er erfüllt und gesättigt auf dem Sofa einschlief.

Diesen nächtlichen Ausflügen hatte er damals zahlreiche Arztbesuche zu verdanken, weil er des Schlafwandelns verdächtigt wurde. Die Eltern und Ärzte konnten einfach nicht glauben, dass er sich von Büchern derart angezogen fühlen könnte. Er war erleichtert, als seine Eltern die Suche nach Gründen und Therapien für sein vorgebliches Schlafwandeln aufgaben und die Eigenart ihres Sohnes einfach hinnahmen. Als er schließlich endlich lesen konnte, versorgten sie ihn mit Büchern, die er bald in seinem Zimmer stapelte, weil die Regale und Schränke schon überquollen.

Anfangs freuten sich Felix Eltern über die Leselust ihres Sprösslings. Aber eines Tages musste Felix nachts auf den Lokus und hörte seine Eltern reden: »Das geht ins Geld«, sagte sein Vater und die Mutter meinte, dass sie nicht mehr richtig sauber machen könne. »Überall diese Bücher«, stöhnte sie.

Da wusste der lauschende Sohn, dass sie über ihn sprachen. Als aber seine Mutter das Branchenverzeichnis vom Flur holen wollte, eilte er auf Zehenspitzen in sein Zimmer und schloss leise die Tür. Am nächsten Morgen erwarteten ihn bedeutungsvolle Gesichter am Frühstückstisch.

»Felix«, sagte seine Mutter feierlich, »heute machen wir einen Ausflug.« Ärger und Ungeduld stiegen in ihm auf bei dieser Ankündigung, denn er hasste Ausflüge. Dieses stundenlange Dahinmarschieren, nur um dann wieder am Ausgangspunkt anzukommen. Lustlos sanken seine Schultern und Mundwinkel bei dieser Vorstellung erdwärts, als seine Mutter ergänzte: »Jetzt schau nicht so, als ob dir die Katze die Wurst vom Brot gestohlen hätte. Es wird dir bestimmt gefallen, du Bücherwurm.«

Dieses letzte Wort schien ihm wie ein Hoffnungsschimmer. Also keiner jener langweiligen Ausflüge, die in die Natur hinausführten und die Beine müde werden ließen? Keine gestohlene Lesezeit, dachte er, als seine Mutter nach einer verheißungsvollen Kunstpause verkündete: »Wir gehen in die Bücherei!«

Als sie ihm anschließend erklärte, dass es dort meterweise Regalwände mit Büchern gab, die man ausleihen konnte, wäre Felix sogar bereit gewesen die dreizehn Kilometer in die kleine Stadt zu Fuß zu laufen. Und als sie am Nachmittag endlich an diesem Bücherort angekommen waren, verlor er sich zwischen den reihenweise aufgestellten Buchrücken und wäre am liebsten dort geblieben. Erst das Wort ›Ausleihen‹ konnte ihn dazu überreden, diesen wohlriechenden Ort zu verlassen. So trat er mit der Höchstzahl der zu entlehnenden Bücher die Heimreise an.

Ein neues Mekka hatte sich ihm aufgetan. Ein Bücher- und Geschichten-Universum, so schien es ihm. Erst später wurde ihm klar, wie klein dieses Universum tatsächlich war. Als er älter war, fuhr er mit Bus und Bahn in die weiter entfernt gelegene Stadt, um sich in der riesigen Hauptbücherei mit neuem Lesestoff zu versorgen.

So wunderte sich auch niemand darüber, als er eine Ausbildung zum Buchhändler machte. Nah am Puls der druckfrischen Bücher fühlte er sich angekommen. Bis zu jenem Zeitpunkt, als die Nationalbibliothek einen Archivar suchte. Er unterschrieb seinen Dienstvertrag und dachte dabei an die riesigen Hallen in den Kellergeschoßen, die von jedem Buch das jemals geschrieben wurde, ein Exemplar enthielt. Er sah sich dabei die Regale entlanggehen, die unzähligen Bücher erkennen, die er bereits gelesen hatte und die immer noch weit größere Anzahl an Titeln, die er noch nicht kannte.

Seine Freundin, die er in seiner Lehrzeit kennengelernt hatte, warnte ihn: »Du Büchernarr«, hatte sie lachend gesagt, »du wirst dort wohl kaum Zeit zum Lesen haben.«

Wie recht sie hatte. Tag für Tag saß er nun an einem Schreibtisch im ersten Stock und tippte Buchtitel, Autor und Kurzbeschreibung in den Computer. Tag für Tag das Klappern der Tastatur unter seinen Fingern, vor ihm die einförmige Maske am Bildschirm und über ihm das flackernde Neonlicht. Jeden Morgen wiederkehrend stand ein Wagen mit Stapeln neu erschienener Bücher vor seinem Tisch. Titel, Autor und Kurzbeschreibung. Keine Zeit wenigstens die erste Seite aufzuschlagen. Immer nur Titel, Autor und Kurzbeschreibung.

Nach wenigen Wochen, nein, eigentlich Tagen, fühlte sich Übereit mit dieser Arbeit wie ein Gefangener. Seine Strafe: Ein Leben inmitten der Fülle, ohne auch nur ein wenig davon auskosten zu dürfen. Titel, Autor und Kurzbeschreibung. Nur der Geruch einer frischen Lieferung, die morgens vor seinen Schreibtisch geschoben wurde, hielt ihn am Leben, wenn er Buch für Buch in die Hand nahm und Titel, Autor und Kurzbeschreibung in den Computer tippte. Ungelesen.

Also begann er einen Großteil seines Einkommens für Bücher auszugeben. In seiner kleinen Stadtwohnung wurde es deshalb bald eng. Immer mehr Bücher zogen ein und seine Freundin aus. Es machte ihm nichts aus. Nein, man konnte sagen, er war geradezu erleichtert, als sie »Du ... du ... bist ja biblioman!!!« ausstieß und zum letzten Mal die Tür hinter sich zuschlug.

Zugegeben, damit verlor er ein paar Annehmlichkeiten körperlicher Art, aber nun musste er keine ermüdenden Gespräche mehr führen oder ihre Kochkünste, ihren Ordnungssinn loben, sondern konnte einfach nur nach Hause kommen und ein neues Buch aufschlagen. Was für ein Gewinn!

Mit der Zeit ersetzten die Geschichten und Bücher, Stapel für Stapel seine Männlichkeit. Die wachsenden Büchertürme am Boden ersetzten seine Libido. Auf jeder freien Fläche, sogar auf der kleinen Küchenzeile sammelten sich Bücher. Er brauchte sie nicht, denn längst ernährte er sich von mitgebrachten Fertigmenüs – überall Bücher, auf und unter dem Tisch, im Flur, an den Wänden, ja sogar rund um das Klosett. Bis schließlich nur mehr ein schmaler Durchgang von der Eingangstür zum Bett frei blieb. Gerade so breit, dass er Fuß vor Fuß setzen konnte. Seine Bücher und sein Bett, in welchem er über einer Geschichte einschlafen konnte – mehr brauchte er nicht. Außer vielleicht mehr Platz für weitere Bücher.

Eines Tages, die Nachbarn beschwerten sich bereits über die wachsenden Bücherstapel vor seiner Tür, erbte er ein Vermögen und ein Haus. Das Vermögen groß genug, um seine Anstellung als Archivar aufzugeben und sich seinem Lebensinhalt – dem Lesen – hinzugeben. Das Haus dreistöckig und geräumig genug, um all seine Bücher aufzunehmen und viele weitere, in Karton, Leder oder Leinen gebundene ›Freunde‹ zu beherbergen.

So saß Felix Übereit nun im obersten Stockwerk und sichtete die neueste Lieferung, die ihm der Postbote in den hinabgelassenen Korb gelegt hatte. Längst hatte er am Dachbalken einen Flaschenzug installiert, um den Briefträger nicht zu verpassen.

Zwei oder dreimal war der Post-Überbringer nämlich wieder gegangen, weil er nicht schnell genug durch die stapelgefüllten unteren Stockwerke gekommen war. Dieser Korb am Seil war deshalb sein Tor zur Außenwelt geworden. Sein Glücksbringer und Lebensgefährte. Einen Computer brauchte er nur mehr, um eine neue Bestellung aufzugeben.

Der Wolf

»Gebeugt erst zeigt der Bogen seine Kraft!«
Franz Grillparzer

Die Nacht senkte sich über das kleine Tal. Die Sterne funkelten um die Wette, als ob sie sagen wollten: Ich bin der Hellste, der Größte, der Schönste. Über allem hing elegant die geschwungene Mondsichel, die den Neumond ankündigte.

Auf der Wiese standen etwa dreißig Schafe. Wie helle, flauschige Tupfen nahmen sie sich auf dem Schwarzgrün der nächtlichen Flur aus. Gerade formierten sie sich für die Nachtwache. Der starke Bock und die erfahrenen Tiere außen, die Mutterschafe und Lämmchen innen. Denn man konnte ja nie wissen. Vor allem in diesen dunkleren Nächten trieb sich das eine oder andere Gelichter im Wald herum.

Plötzlich durchschnitt ein grelles »Määääääähhhh …« die Stille. Alle Ohren richteten sich nach dem Warner aus. Der stand, die vier Beine in den Boden gerammt, am Rand der Gruppe. Die Nase zum Wald gerichtet, lief ihm ein sichtbarer Schauer über den Rücken.

›Das sieht nicht nach Gefahrenstufe sechs oder sieben aus‹, dachte der Bock und suchte mit seiner Nase den Waldrand ab. Und da stand er auch schon, der Wolf. Groß und dunkelgrau war er, mit gelben abschätzenden Augen.

»Böööööhhhhhh«, rief der Bock und die Gruppe rückte zusammen.

»Schleich di du Hundskerl!«, schmetterte der Bock dem Wolf entgegen.

»I brauch nur a Lamm ... a klans tät ma scho reichn«, grinste der Wolf und zeigte seine Reisszähne.

»Do hoscht a Pech ghobd. Bei uns isch nix zum holn.«

»Ah geh, nur a gaunz klans ... ihr werds es kaum merkn.«

»Schau dassd weida kummschd, do gibsch nix zan holn!«

»Des werd ma no sehn ...«, sagte der Wolf und umschlich die Gruppe. Denn irgendwo musste da ja eine Lücke sein, dachte er. Es gab sie immer, diese knieweichen Schwachpunkte, die einen Angriff lohnenswert machten und schließlich den knurrenden Magen füllten.

Aber diese Herde schien anders. Sternförmig standen sie im Kreis, die Hinterteile zur Mitte ausgerichtet, mit den zarten Lämmern im Zentrum. Samt dem Bock bewegten sie sich im Kreis, so dass sich der Wolf immer dem drohend gehörnten Kopf des Oberhauptes gegenüber sah.

»Des nutzt eich ah nix«, brummte der Wolf missmutig. »Ihr könnts jo ned ewig hin und her trippeln.«

»I woarn di«, drohte ihm der Bock »geh bessa ham vun durtn wosd herkumscht. Sunscht wird da nämlich glei hearn und segn vagehn.«

»Ha, des kost mi hechstns an Lacher. I hob Zeit. Irgendwaunn wird eich des Gspül scho zu bled wern ... und daunn ....«

»Zum letschdn Mol, vaschwind, sunschd wiaschd glei merkn wo da Bartl in Moscht holt.«

Aber der Wolf wollte nicht hören. Da begann sich die Herde im Kreis zu drehen, immer schneller und schneller und schneller und ein vielstimmiges »Määähhhh, Beeeehhhh, Müääääh, Bööhhhhhh, Müäääähhhhhh, Meeeiihhh ...« hub an und steigerte sich zu einem ohrenbetäubenden, durchdringenden Geschrei, das dem Wolf die Haare zu Berge stehen ließ. Wie ein verrückt gewordenes Ringelspiel ging es immerzu im Kreis herum, bis die Schafe zu einem riesigen, wilden Wollknäuel zusammenwuchsen. Aber der Wolf dachte, dass sie ja irgendwann damit aufhören müssten und setzte sich. Wahrscheinlich würde es diesen närrischen Herdentieren von dem Gedrehe am Ende schlecht und schwindlig sein. Und dann hätte er leichtes Spiel, sich einen fetten Happen zu schnappen.

Er stellte sich bereits vor, wie er sich das zarteste Lamm aussuchen würde, als sich die kreisende Herde immer noch schneller drehte und in der unmittelbaren Umgebung Blätter und Grasbüschel aufwirbelte. Gerade wollte der Wolf mit ein paar Schritten rückwärts dem Sog des Kreisels entkommen, als er von der aufsteigenden Windhose erfasst und hochgeschleudert wurde. Wie ein Blatt im Herbststurm trug es ihn hinauf und hinunter, immer im Kreis herum. Aufjaulend wirbelte er durch die Luft, sodass ihm Hören und Sehen verging.

Nach drei Ewigkeiten verlangsamte die Herde das Tempo schließlich. Der Wolf fiel wie ein Stein vom Himmel und schlug hart auf der Wiese auf. Eine Weile lag er benommen da, bis er wieder auf die Beine kam.

»De san jo iwagschnopd!«, japste er und nahm Reißaus. Der Appetit auf Lammfleisch war ihm für alle Zeiten vergangen.

Bergwärts

»Tränen reinigen das Herz.«
Fjodor Michailowitsch Dostojewski

Sobald die Berge schneefrei waren, kamen die Bergsportler und wollten so nah als möglich bei der Hirschwand Quartier beziehen. Oft für ein kurzes Wochenende, manchmal auch für ein oder zwei Urlaubswochen. Die Sennhütte von Simon Schwaighofer, dem Bauern aus Vössen, war deshalb eine beliebte Unterkunft. Wenn man ein wenig zusammenrückte, konnten hier drei oder vier Kameraden übernachten. In der Szene hatte sich das seit einigen Jahren herumgesprochen. Wochenende für Wochenende fuhr Schwaighofer deshalb die Forststraße hinauf, um den Gästen hinterher zu räumen – wie er selbst das Ordnungmachen nannte.

»Na, san deine Gäst scho weg?«, fragte die Wirtin über die Schulter hinweg. Mit raschen Handbewegungen füllte sie vom Zapfhahn Bier in ein Glas, strich den Schaum ab und goß noch einmal nach, bis die goldgelbe Flüssigkeit eine perfekte Haube zierte.

»Ahhh, loss mi bloß in Ruah mit denan.« Dabei schob er seinen speckigen Filzhut in den Nacken und knallte das Bierglas, aus dem er gerade getrunken hatte, auf den Tisch.

»Sei doch froh«, meinte die Wirtin gemütlich, »kaunnst des Geld eh brauchen.«

»Naaa, froh bin i, waunn des Gsindl wieda weg is. Hosd du a Auhnung, wias do obn in da Hittn, jedes Moi ausschaut, waunn sulchane Spaßvegel wieda weg san. In mein Saustoll schauts gscheida aus. Drei Tog brauch i ollawal, dass i des gaunze Zeig wieda obitrog, wos de hintalossn. Kaunnst da jo gor ned vurstölln wos in so ane Rucksäck ois Plotz hod. Dosn, Sackln, Tubn und Flaschln.«

Die Wirtin sah ihn mitleidig an und wollte etwas einwenden, aber der Bauer war in Fahrt.

»Ma mecht jo glaubm, dass des wos mitnehman, wenigstens essen. Oba nix do. Des hoiwade is aunbraucht und vagammlt. Und stinken tuat des Zeig, do kaunns da grausn.« Er trank sein Glas aus und bedeutete der Wirtin Nachschub. »I vasteh ibahaupt ned, wiaso si de ned wos Gscheids zum Essen mitnehman. Des brauchad ma a ned wegschmeissen.« Als die Wirtin sein bestelltes Seitl vor ihn hinstellte, griff er nach dem schwitzenden Glas, trank mit großen Schlucken und stellte es heftig wieder ab.

»Und als ob des ned reichad, bringans ois durchanaund. Nix findt ma mehr aufn Plotz wos hingkehrt. Des dreckate Gschirr in da Obwosch, wos si des gaunze Wochenend aungsaummlt hod und die Haundtiacha und Bettwäsch anfoch am Bodn gschmissn.«

»Na jo, des mit die Haundtiacha mochd ma in die Hotös a so. I vasteh ah ned wiaso ma a Haundtuach ned a poor Tog vawendn kaunn. De hom hoid gmant, dass dir a Orweid dasporn waunns des Bettzeig obziagn.«

»Da Hotöbrauch is ma wurscht. I bin ka Hotö. Außerdem hob i ihna gsogt, wias di Hittn wieda valossn sulln. Owa des is denan scheinbor scheißegal.«

Die Wirtin setzte sich auf den freien Stuhl gegenüber, denn die wenigen Gäste in der Hirschwand-Stubn waren versorgt und Simon Schwaighofer brauchte offenbar eine Zuhörerin.

»I mecht ned wissn, wias unterm Gamssteig ausschaut« fuhr er fort, »und bei die aundan Partien aufn Schneekogel. Woahrscheinlich ah ned bessa wia in meina Hittn.«

»Do kaunst scho recht hobn«, meinte die Wirtin, »gestan woa da Lenz do. Der jammad a imma, dass er des Glumpad vum Weg aufsaummln muaß.«

Der Bauer nahm noch einen Schluck vom Bier, wischte sich mit dem Handrücken den Mund ab und schwadronierte weiter.

»Und als ob des ned gnua warad, rutscht olle poar Wochn ana aus. Daunn miass ma aufi und den owahuln. Do frogt kana, ob ma vielleicht des Hei zum mochn hod oda in Viechzaun ausbessan muass. Und waunnsd glaubsd do bedaunkd si ana? Naaa, do kaunnsd laung woartn. Im Gegental, beschwern tuan sa si, dass ned schnö gnua gaungan is und dass Woarnschüda hinkehrt hättn.«

In einer kleinen Pause leerte Schwaighofer sein Glas und schob es energisch von sich weg. »Spurt nennans des. Als ob ma ned gaunz normal a iwan Jagasteig aufigehn kennt, waunn ma scho unbedingt owischaun wü. Owa wohrscheinlich san de eh ned zwegn da schenan Aussicht do.«

Während er seine alte Börse aus der Hose zog, stand die Wirtin auf und holte den schmalen Block und ihre Geldtasche.

»Zwa Kriagl, a Seitl mochd …«, rechnete die Wirtin mit einem kurzen Blick an die Decke, »zehn fuchzig.«

Schwaighofer legte mit einem »passt scho« elf Euro hin, das die Wirtin mit einem »daungschen« quittierte.

»Waaßd, waunn de wos orweidn tatn, waradns eh zmiad zum

herumkraxeln. Owa de sitzn woahrscheinlich die gaunze Wochn hintam Schreibtisch und telefonieren. Ka Wunda waunns daunn ibamiatig san. Und des Telefonieren kennans jo ned amoi in da Waund sein lossn. Die Vegl san ah scho gaunz damisch vun dera Klinglarei.«

Die Wirtin war wieder hinter die Schank gegangen, spülte Bierschaum von den benutzten Gläsern und nickte.

»Jo, im Summa, is in da Wirtsstubn ah ned bessa. Des Gedudel geht ma ah scho auf die Nervn.«

Der Bauer stand auf und zog seinen Hut in die Stirn.

»I muass jetz weida, kaunn ma eh nix mochn, waunn ma aufs Göd aungwiesn is. Pfiat di Liesl«.

»Jo do hosd recht, mochs guat Schwaighofer. Pfiat di!«

Als der Bauer vor die Vössener Wirtsstube trat fiel sein Blick auf die ferne Hirschwand. Dort oben hatte er Elsa kennengelernt. Dort oben hatte seine Sennhütte vor zehn Jahren einen ganz anderen Zweck erfüllt. Schwermütig stieg er, in Gedanken an die längst vergangenen Bilder, in seinen alten grünen Lada.

***

Es war Elsas erste Postkarte. Auf der Vorderseite, in Schönwettermanier die drei Zinnen, in fünf Variationen. Auf der Rückseite eine Briefmarke, die abermals die unverwechselbaren Felszacken zeigte. Abgestempelt in Cortina d'Ampezzo.

Hallo Simon, – stand da – *wie du siehst, bin ich gerade mit Hans und Elsa bei schönstem Bergwetter in den Sextener Dolomiten unterwegs. Große Zinne und Geierwand. Unglaublich! Wir bleiben noch bis Samstag. Gruß Erich.*

Und dann noch ein PS, an der Längsseite hingefitzelt: *Bin am 8.–9. Juli wieder in Vössen-Großhaupt. Vielleicht hast du Zeit ...*

Aha, mit Hans und Elsa, dachte Simon und ein Grinsen huschte über sein Gesicht. Sie war schlau, seine Elsa und lustig. Auf einer Wanderung am Großhaupt hatte er sie kennengelernt. Ihr Lachen und ihre wilde Lebendigkeit, hatten ihn sofort angezogen. Sie war die Kehrseite seines Lebens, das sich zwischen Kühen und Weiden, zwischen Hahnenschrei und Herrgottswinkel, zwischen seiner kränkelnden Frau und der tonangebenden Mutter abspielte.

Elsa lebte das Leben, das sich Simon schon immer gewünscht hatte. Frei und unabhängig und die Welt der Berge. So war es kein Wunder, dass er sich in sie verliebt hatte. Damals am Großhaupt, waren sie abends in seine Hütte eingekehrt. Die ehemalige Sennhütte, die auf der Zaglalm stand. Etwas abseits der markierten Wanderwege war sie der ideale Platz für eine heimliche Liebschaft. Dort hatten sie so selbstverständlich zueinander gefunden wie Seil und Haken. Dort oben lebte er mit Elsa etappenweise sein zweites Leben. Der Alltag am Hof fühlte sich ab diesem Zeitpunkt wie zäher Stillstand an, den er mit der Arbeit zwischen den zwei Frauen zuhause nur mühsam ausfüllen konnte.

Anfangs hatten Simon und Elsa davon geträumt, wie sie ganz offen zusammenleben könnten. Simon hatte sogar über Scheidung nachgedacht und wie er seiner Frau Anna und der Mutter den Hof überlassen könnte. Aber sein Gefühl für Verantwortung und Verpflichtung hielt ihn im Hofalltag fest. Die Mutter hätte das auch niemals verstanden. Ein Bauer verlässt seinen Hof nicht. Auch dann nicht, wenn im Bauern das Herz eines Bergsteigers schlägt. Und wegen eines Gspusi schon gar nicht.

So wartete Simon auf die Postkarten von ›Erich‹, die Elsas Ankunft mitteilten. Im Juli also wieder, dachte Simon und steckte die Karte in die große Lade unter dem Esstisch, welche Dokumente, Briefe, Papier und Schreibzeug enthielt. Es war ein gutes Gefühl, Elsa auf diese Weise so nah zu sein und erleichterte ihm die Wartezeit bis zum nächsten Zusammentreffen.

So lebte er auf die seltenen Besuche von Elsa und ihr Zusammentreffen in der Sennhütte hin. Bis zu diesem letzten Abend.

***

Simon richtete sich ruckartig auf.

»Und murgn gehst scho wieda? Du bist doch heid obnd erst kumman. I hob des gaunze Wochenend nur fia di resavierd. Du waßd, dass des ned so anfoch is fia mi.«

Elsa richtete sich auf, schob sich den Polster in den Rücken und legte den Kopf auf die Seite. »Ich hab mich doch auch gefreut auf dich«, lächelte sie bedauernd. »Du weißt ja, dass ich am liebsten immer mit dir zusammen sein würde. Aber das ist eine ganz einmalige Chance, jeder Bergsteiger träumt davon, einmal dort gewesen zu sein. Verstehst du?«

»Na, des vasteh i ned. Der Berg steht die nächsten zehn Joahr ah no. Und aussadem gibts do herum a gnuag Berg zum Herumkraxln.«

»Aber keine Achttausender«, entgegnete Elsa trocken.

»Ochttausnda, Ochttausnda … steigst hoid drei moi hintaranaund aufn Geiahaupt, daunn sans a ochttausnd.«

Elsa lachte mitleidig. Dann legte sie sich über Simons Brust und strich ihm liebevoll die steilen Ärgerfalten über der Nase glatt.

»Schau nicht so griesgrämig, ich komm ja wieder.«

»Jo, jo, in drei Monat – oda no länga, waunns Wetta ned mit-spült.« Simon konnte seinen Ärger und seine Enttäuschung einfach nicht schlucken. Er schob Elsa zur Seite, schlug die rotweiß karierte Bettdecke zurück, stand missmutig auf und marschierte unruhig auf und ab.

»Geh Simon!«

»Ah wos. Seit an holbn Joahr haumma des erste Mol a gaunzes Wochenend. I hob einkaufd damit mas uns gmiatlich mochn kennan do. Hob mi gfreit auf die Bergtouren mit dir, und jetz … foahrst noch a poar Stund wieda. Und i hock des gaunze Wochenend allan do herum. Wal obigehn kaunn i jo schlecht.«

»Ich weiß Simon, ich versteh dich ja. Aber du musst schon zu-geben, dass ich dir nie etwas vorgemacht hab. Die Berge und das Klettern sind nun mal mein Leben.«

»Jo i waß … und jedes Mol waunst weg bist, frog i mi obst wieda kummst. Obst ned wo obigfolln bist.«

»Jetzt hör aber auf. Du weißt ja, dass ich nicht leichtsinnig mein Leben riskier. Ich häng ja selber dran.«

»Jo, kaunn scho sein, owa passiern kaunn imma wos.« Simon blieb vor dem Tisch stehen, und schenkte sich einen Enzian ein.

»Genau. Und wenn du im Dorf über die Straße gehst, kann auch was passieren«, sagte Elsa, als sie aus dem Bett stieg. Mit ein paar Schritten war sie bei ihm, umfing ihn von hinten und schmiegte sich wiegend an seine Rückseite.

»Jetzt komm … komm wieder ins Bett. Lass uns doch die Zeit miteinander genießen, die uns noch bleibt.«

**

Schwaighofer startete seinen Lada. Als er losfuhr, spuckten die Reifen die Steinchen auf den geschotterten Parkplatz. Diese Fremden waren ihm wie ein Dorn im Fleisch. Es war, als ob sie die Erinnerungen an Elsa und ihre gemeinsame Zeit in der Hütte mit jedem Stück Müll, mit jedem Geruch, jedem Anwesend sein, Stück für Stück auslöschen würden. Er hätte sie nicht gehen lassen sollen, dachte er zum ständig wiederkehrenden Mal. Und doch wusste er, dass sich das Gehen und das Ende nicht hätten vermeiden lassen.

***

»Simon ...«, rief seine Mutter. »Da Erich is do.«

»Wöcha Erich?«, fragte er.

»Na da Erich, von die Postkortn ... dei Bergfreind.« Simon erstarrte. Es musste etwas passiert sein. Etwas Furchtbares, Unabwendbares.

Er hatte es geahnt. ›Nicht gehen lassen‹ – tönte es in ihm. Er stand im dunklen Hausflur und war unfähig zu antworten, geschweige denn die Gummistiefel auszuziehen, mit welchen er eben durch den matschigen Hof gegangen war. ›Sie nicht gehen lassen‹ – drehte sich in seinem Kopf, in seinem ganzen Körper – ›hätte sie nicht gehen lassen ...‹ Der rotierende Gedanke nahm ihn mit, in diesen anhaltenden Moment außerhalb von Zeit und Wirklichkeit, in welcher er diesen Gedanken fassen wollte, um die einzig mögliche Wahrheit daraus abzutrennen. Aber sein Herz wusste, sie war tot. Der Berg hatte sie für sich beansprucht. Als Mahnung – so wie schon viele andere vor ihr, das Verlangen nach dem Außergewöhnlichen mit dem Leben bezahlt hatten.

»Simon?«, kam der ungeduldig, mahnende Ruf seiner Mutter abermals aus der Stube und ließ den Sturm des ›hätte nicht …‹ und ›tot‹ langsam erlahmen und allmählich nahm er den Hausflur wahr, in dem er sich verloren hatte. Die dunklen, abgetretenen Dielen, die alte, steile Holztreppe, die in die Schlafkammern nach oben führte, in welche er sich jetzt am liebsten für alle Zeiten zurückgezogen hätte. Aber Erich war da. Wer auch immer dieser Erich sein mochte. Er musste dieses Spiel jetzt zu Ende spielen, denn nie wieder würde eine Postkarte von Erich … von seiner Elsa kommen.

»Simon!!! Wo bleibst denn so laung?«, kam die Stimme seiner Mutter näher. Einen tiefen Atemzug, ein verhaltenes Aufseufzen, war noch Zeit, als die Mutter auch schon in der Tür stand. Simon senkte den Kopf, um ihrem Blick nicht zu begegnen. Zu verräterisch wäre sein Miene gewesen.

»Jo, i kumm jo scho … die Stiefel …«

»Wo is denn die Anna?«, fiel ihm plötzlich seine Frau ein.

»Beim Dokta in Vössen.«

Wenigstens das, dachte er und gleichzeitig quälte ihn die Frage, wie er mit diesem Erich reden konnte. Da drinnen, mit seiner Mutter im Rücken. Dann fasste er sich, zog endlich die Stiefel aus und betrat die Stube.

»Erich!«, begrüßte er den Fremden verhalten. »Des is owa a Üwaroschung.«

Der Mann der sich Erich nannte, stand mit einem angedeuteten Lächeln auf, ging ihm ein paar Schritte entgegen und umarmte ihn kurz und kraftvoll.

»Servus Simon. Ich mach grad wieder einen Kletterkurs bei der Hirschwand und ich dachte, ich schau bei der Gelegenheit mal bei dir vorbei. Schön wohnt ihr da. Ist ja ein richtig idyllisches Fleckerl. Leider hab ich nicht gar so viel Zeit. Willst mir nicht euren Hof zeigen? Vielleicht könnten wir uns auch morgen Abend bei deiner Hütte treffen? Da hätt ich frei. Was meinst?«

»Jo guat, moch ma a Runde am Hof.« Erich wusste also, was er wissen musste und Simon war ihm dankbar für seine Diskretion vor den Ohren seiner Mutter.

»Bleibns doch zum Essn. Is gnua do«, warf die Mutter ein, als sich die beiden Männer zum Gehen wandten.

»Ach Frau Schwaighofer, das ist wirklich sehr freundlich, aber ich muss in einer halben Stunde bei meiner Gruppe sein. Vielleicht beim nächsten Mal.«

»Jo daunn, wer ned wü der hod scho. Pfiat ihna.« Erich ergriff die Hand der Bäuerin und lächelte. »Auf Wiedersehen Frau Schwaighofer und dankschön für die Bewirtung.«

»Ah, wegn dem Glasl Enzian …«, sagte sie, wischte sich die Hände, mit welchen sie gerade Zwiebel geschnitten hatte, an einem Schürzenzipfel ab und reichte Erich die Rechte zum Abschied. Dann gingen die Männer auf den knarrenden Holzdielen nach draußen und die Bäuerin wandte sich wieder dem Herd zu.

∗∗∗

Vor der Sennhütte angekommen steckte Schwaighofer gereizt den Autoschlüssel in die rechte Hosentasche und streckte vor der Haustür die Hand nach dem Schlüssel aus, der immer in einer Ritze oberhalb der Türzarge steckte. Er schloss auf und öffnete die Tür bis zum Anschlag, um den Geruch nach Essensresten, verbrauchter Nachtluft und Schweißfüßen hinauszulassen. Dann räumte er das

Geschirr weg, das sauber gespült auf der Arbeitsfläche stand. »Na wenigstens muass i ned a no denen eana Zeig owoschn«, murrte er halblaut. Nachdem er die Betten in Ordnung gebracht und Wäsche samt Müllsack vor der Haustür deponiert hatte, setzte er sich wie immer für ein paar Minuten an den alten Tisch und öffnete das versperrte Schränkchen unter dem Herrgottswinkel, das Elsas dreizehn Postkarten und ihr ledergebundenes Tourenbuch enthielt, das er damals von Erich erhalten hatte. Dann nahm er die bauchige Enzianflasche und sein Schnapsglas heraus, zog den Glasstöpsel von der Flasche und schenkte sich zum Wohle Elsas ein. Denn hier hatte er mit Elsa zum letzten Mal zusammen gesessen und gefrühstückt.

Er hätte sie aufhalten müssen. ›Festhalten, einsperren‹ dachte er grimmig.

Aber er wusste genauso gut, dass sie sich diese letzte Tour auf den Himalaya nicht hätte ausreden lassen. Von ihm nicht und von jemand anderem erst recht nicht.

»An Odla muass ma fliagn lossn«, brummte er finster. Dann stand er auf, nahm den Wäschesack und den Müll, den die Gäste in der Hütte hinterlassen hatten und warf beides auf die Ladefläche seines grünen Lada Taiga.

Der Lawinenhund

»Die Natur muss gefühlt werden.«
Alexander von Humboldt

F locke! ... Floooockeee ...«
»Wo treibt sich der Hund nur wieder herum? Kaum schneit es, ist er auch schon weg.« Der Bauer schloss verärgert die Haustür.

»Ach lass ihn doch, du weißt ja, dass er bei dem Wetter nicht zu halten ist. Er wird schon kommen, wenn er hungrig ist«, meinte seine Frau und sah kurz von ihrer Strickarbeit auf. Dann klapperten die Nadeln über dem halbfertigen Socken lustig weiter.

»Aber jetzt ist er schon fast zwei Jahre alt. Langsam könnten die Flegeljahre wirklich vorbei sein. Was ein richtiger Lawinenhund sein will, auf den muss schon Verlass sein«, wetterte der Bauer.

»Ja ich weiß, deshalb hast du ihn ja genommen. Damit du einen Ersatz hast für die Senta.«

»Sowieso, aber was mach ich mit einem Hund, der nicht kommt, wenn ich ihn rufe? Das ist doch wohl das mindeste.«

Die Frau strickte gleichmütig weiter und der Bauer suchte die Landschaft jenseits des Fensters ab.

»Nichts zu sehen.« Dann drehte er sich um und setzte sich auf die Bank im Herrgottswinkel.

»Andererseits wird der bei der Arbeit zum Energiebündel, wenn er den Schnee nur riecht. Und bei den Übungen ist er immer ganz vorne mit dabei. Und von wegen riechen. Seine Nase ist wirklich unglaublich. Ich sag dir, das hättest du unlängst sehen sollen. Wir haben testweise an drei verschiedenen Stellen Taschentücher mit dem Geruch von Sepps Schweißfingern, drei Meter tief im Schnee eingegraben. Und stell dir vor, er hat sie alle gefunden. Alle drei. In null Komma nix. So schnell war noch keiner aus der Truppe. Nicht mal die Senta.«

»Wirklich?«

»Ja ehrlich, ganz ungelogen.« Der Bauer, der auch bei der Bergwacht war, schlug mit der flachen Hand auf den Tisch.

»Aber was nützt uns das, wenn der Kerl nicht da ist, nicht kommt, wenn es brenzlig wird? Man muss ja immer damit rechnen, dass da was runterrutscht. Grad so wie heute, wenn der Schnee so locker und massig fällt.«

»Ja, da hast du schon recht. Mir ist auch nicht ganz wohl bei dem Wetter«, bestätigte die Frau.

»Obwohl, seit den letzten zwei Wintern sind immer nur kleine Lawinen abgegangen. Und die sind gar nicht bis ins Dorf gekommen. Sind immer schon oben auf der Mahalm liegen geblieben. Und dabei musste keiner von euch hinauf zum Absprengen. Schon merkwürdig oder?«

»Merkwürdig oder nicht, von mir aus kann es gern so bleiben. Ich brauch das nicht, das Herumzittern jeden Winter. Oft mehr als einmal. Da kann ich gern drauf verzichten.«

Das kleine Dorf lag in einem Tal, das vor allem bei heftigem Schneefall immer wieder durch abgehende Lawinen gefährdet war. Oft

bildeten sich überbordende Schneewächten am Kamm. Oder Wild-
rudel traten einen Lawinenhang los. Und manchmal gab es auch
diese leichtsinnigen Burschen, die den Neuschnee so geil fanden,
dass sie die Absperrung zur Gefahrenzone einfach überfuhren.
Und obwohl die Lawinenschutzbauten in den letzten Jahren das
Allerschlimmste verhindert hatten, konnten die Lawinen den Häu-
sern oberhalb des Dorfes noch immer gefährlich werden.

Flocke war wie immer bei starkem Schneefall unterwegs. Er kannte
mittlerweile den besten Weg durch den Hochwald. Ganz hinauf
musste er, oberhalb der Latschen. Dort wo sich über dem Berggrat
die Schneemassen sammelten.

Mit hängender Zunge stand Flocke nun hechelnd rechts unterhalb dieser Wand. Er wusste instinktiv, wo er in Sicherheit war,
wenn die Lawine abging. Mit gespitzten Ohren betrachtete er den
gefährlich ausbordenden Überhang. Sein weißes Fell sträubte sich.
Dann stemmte er seine vier Pfoten in den Schnee und stieß einen
spitzen, hellen Laut aus, der von der Wand dumpf widerhallte. Der
Ton war noch nicht verklungen, da brach ein kleines Stück der
Wächte ab, rutschte talwärts und blieb im Lawinengatter hängen.
Noch einige Mal gab Flocke diesen kurzen, eigenartigen Laut von
sich und mit jedem Mal, brach ein Stück des Überhanges ab und
glitt zu Tal. Mit der letzten abwärts rutschenden Schneelast brummte der Hund zufrieden und lief zurück zum Hof. Für dieses Mal
hatte er seine Arbeit getan.

Hühner füttern

»Der Weg ist das Ziel.«
Konfuzius

Die Nachmittagssonne sandte warmes Licht durch die kleinen Fenster der sonntäglichen Stube. Kaffeeduft hing in der Luft, vermischt mit zart süßlichem Kuchenaroma. Ein Marmorguglhupf stand in der Mitte des Tisches, denn Sepp Oberberger und seine Frau Anna hatten Besuch.

»Wieviele Hühner hast du denn jetzt?«, fragte Sepp.

»Na, so sechstausend werden es schon sein«, meinte sein Schwager Wilhelm.

Bei so einer Zahl konnte es schon sein, dass man den Überblick verliert, dachte Sepp. Er selbst wusste genau wieviele Hühner er auf seinem Hof hatte: sechsundzwanzig Hennen und drei prachtvolle Hähne. Einige hörten sogar auf Namen und folgten seiner Frau auf Zuruf.

»Da musst du ja aufpassen, keines zu zertreten, wenn du durch den Hühnergarten zum Stall musst«, mischte sich Sepps Frau Anna ein. Wilhelm lachte laut auf.

»Nein, so arg ist es nicht. Die laufen ja nicht ganz so frei herum. Wir haben eine Halle gebaut, mit hunderten Boxen. In jeder Box fünf, sechs Hühner. Automatische Fütterungsanlage und Ei-Ablage-

Rinnen. Ja da schaust du, Anna. Ich hab doch gesagt, es macht kaum Arbeit und vor allem jede Menge Gewinn.« Dass er für die Anlage Kredite aufnehmen musste, und dass es einige Jahre dauern würde, bis er alles abgezahlt hatte, darüber schwieg er. Über Geld spricht man nicht, das hat man einfach.

»Und woher bekommst du soviel Futter?«, wollte Anna nun wissen. »Wenn du keine Felder mehr hast, musst du doch alles zukaufen? Und ist das nicht viel teurer?«

»Ach, da muss man halt rechnen. Alles eine Frage der Kalkulation. Ja, zukaufen müssen wir natürlich schon, aber das Futter wird schon fertig gemischt in Säcken geliefert. Wir müssen es nur in den Sammelbehälter leeren und von dort wird es automatisch an die Boxen verteilt. Und die Eier brauchen wir nur mehr einzusammeln. Dabei ist jedes Ei frisch, weil die Hühner keine Gelegenheit haben, sie zu verstecken.«

»Meine Güte, eine Eier-Fabrik!«, sagte Anna fassungslos.

Sepp Oberberger rutschte unruhig auf seinem Platz hin und her. Er fasste mit seinen großen Händen die Tischkante, stemmte den Oberkörper gegen die Rückenlehne der Eckbank und atmete hörbar aus. Das hörte sich ja wunderbar an und doch war ihm nicht ganz wohl bei der eben gehörten Geschichte. Konnte das Geld so leicht verdient sein? Wo war der Haken?

Sepp war auf einem Bergbauernhof aufgewachsen. Er hatte gelernt, dass der Lohn der Arbeit immer mit Zeit und nicht zu vergessen mit Mühe und Fleiß verbunden war.

»Übrigens, mit dieser Futtermischung wachsen die Hühner auch schneller. Ich hab euch einen Sack voll mitgebracht, ihr könnt das auch ausprobieren.« Wilhelm verschränkte zufrieden die Arme. Dann lehnte er sich wieder mit den Ellbogen auf den Tisch.

»Wachsen schneller?«, Sepp verzog den Mund zu einem schiefen Strich. »Fütterst du deine Kinder dann auch damit, damit sie schneller groß werden?«

Wilhelm klappte den noch offenen Mund zu und schüttelte den Kopf. »Ihr solltet überhaupt etwas modernisieren. Heutzutage muss man auch als Bauer ein Spezialist sein, sonst bleibt man übrig. Die ganze Plackerei, von morgens bis abends. Was habt ihr denn schon davon?«

»Na immerhin leben wir davon!«, kam es kurz angebunden von Sepp.

»Ja, ja, kann schon sein. Aber meinst du nicht, dass das Leben ein wenig leichter sein könnte für euch? Zum Beispiel mit einer Waschmaschine für die Anna? Vier Kinder machen eine Menge schmutzige Wäsche und jetzt kommt ja bald noch ein fünftes«, beendete Wilhelm seinen Vortrag, mit einem Blick auf Annas gerundete Taille.

»Das alles muss ja eine Menge kosten«, warf Anna ein. »Woher soll man denn das Geld nehmen, wenn nicht stehlen?«

»Na, stehlen braucht man es schon nicht. Es gibt schließlich Banken und wenn man Grund und Boden hat, ist die Finanzierung mit einem Kredit nicht so schwierig. Ich hatte ja auch einen. Alles schon abgezahlt«, prahlte Wilhelm. »Wenn ihr so weitermacht, werdet ihr irgendwann am Hungertuch nagen. Und euer Ältester wird auf nichts hoffen können.«

Sepp schob energisch die Kaffeetasse von sich weg. »Mach dir keine Sorgen, wir kommen schon zurecht. Ich muss jetzt das Vieh versorgen.« Dann stand er auf und holte die Gummistiefel aus der Ecke neben der Tür.

»Na, ich muss sowieso jetzt gehen«, erhob sich nun auch Wilhelm, »und wenn ihr etwas braucht, ich helfe euch gern. Ah ja, und das Hühnerfutter stell ich euch in die Scheune. Auf Wiedersehen Anna, macht es gut Sepp.«

Damit nahm er gut gelaunt seinen Hut und verließ die Stube. Kurze Zeit später hörte man durch das offene Fenster seinen Puch G die Straße hinunterrollen, bis die zunehmende Entfernung das Geräusch verschluckte.

Sepp und Anna standen in der Haustür und sahen ihm lange nach.

»Eine Waschmaschine wäre schon praktisch«, überlegte Anna.

»Vielleicht haben wir ja nächstes Jahr drei Kälber. Wenn dazwischen keine Reparaturen anfallen, könnte sich die Waschmaschine schon ausgehen.«

»Ja, vielleicht«, sagte Anna und ging ins Haus, um die abendliche Hausarbeit zu erledigen.

Sepp schlug den Weg zum Stall ein und kam dabei an der Scheune vorbei. Dort stand auffordernd der Sack mit dem Hühnerfutter. Der Bauer blieb kurz stehen, bog zur Scheune ab und öffnete kurz entschlossen das ›Geschenk‹. Er tauchte die Hand in den krümeligen Inhalt und ließ ihn durch die Finger rieseln. Ein merkwürdiger Geruch stieg ihm in die Nase. Irgendwie roch es nach Fisch, fand er. Wenn die Hühner nichts anderes bekämen, würden sie es wahrscheinlich schon fressen, dachte Sepp. Dann packte er den Sack, stellte ihn in eine dunkle Ecke und ging in den Stall.

Irgendwann in den folgenden Jahren wurde für Anna eine Waschmaschine geliefert. Zu den fünf Kindern gesellte sich ein sechstes und eines nach dem anderen kam in die Schule. Seppl, der älteste Sohn, wurde zum ›jungen‹ Sepp. Wie sein Vater versorgte er das Vieh, half bei der Heumahd und bearbeitete den Boden. Und eines Tages würde er den Hof übernehmen und selbst Bergbauer sein. Wilhelm kam noch öfter vorbei und erzählte von seinen Erfolgen und Neuanschaffungen. Seine Arbeiter-Hühner waren mittlerweile auf gut zehntausend Stück angewachsen und Wilhelm Thaler spielte eine gewichtige Rolle in der Gemeinde. Seine beiden Kinder gingen ins Gymnasium in der nächsten Stadt und die Familie machte regelmäßig Urlaub am Meer.

Immer wieder versuchte er, auf die Vorteile der Spezialisierung zu verweisen, doch Sepp blieb beharrlich dabei, dass Geld nicht so schnell verdient sei und der Traum vom Reichtum ebenso schnell wie eine Seifenblase platzen kann.

Anna hatte aus reiner Neugier das geschenkte Hühnerfutter wohl eine Zeit lang ausprobiert. Doch als sich Sepp eines Morgens ein Frühstücksei wünschte, schob er es angewidert von sich. Er mochte kein Ei, das nach Fisch roch und seine Familie auch nicht. Seitdem stand der Sack in einer dunklen Ecke der Scheune und hatte es jetzt, hinter einigen alten Brettern und nicht gebrauchten Gerätschaften, noch dunkler. Die Spinnen woben ein Netz des Vergessens darüber.

Eines Abends saß Sepp Oberberger nach getaner Arbeit auf der Eckbank in der Stube und las die Zeitung.

»Hast du schon die Heutige gelesen, Anna?«

»Nein, nur die Schlagzeilen. – Was sind eigentlich Salmonellen?«, Anna, die am Herd stand, drehte sich um.

»Keine Ahnung. Die schreiben, dass es mit dem Hühnerfleisch und den Eiern zu tun hat und dass die Leute davon krank werden.«

»Aber von unseren Hühnern ist noch niemand krank geworden.« Anna kam zum Tisch und setzte sich auf einen Stuhl. »Und von den Eiern auch nicht.«

»Tatsache ist jedenfalls, dass die Leute jetzt weder Eier noch Hühnerfleisch kaufen wollen und die großen Betriebe darauf sitzen bleiben. Und die Hühnerfarmen machen jetzt pleite ... dein Bruder Wilhelm ist auch dabei.«

»Aaaach, ... der arme Wilhelm!«

»Ja, saudumm gelaufen, jetzt kann er wieder von vorne anfangen.«

Sepp stand auf, ging vor die Haustür und setzte sich auf die grün gestrichene, alte Bank unter dem Südfenster. Der Herbstabend war mild und die umliegenden Gipfel färbten sich goldgelb. Von Osten zog schon der Nebel herein und breitete sich wie ein weiches Federbett über das Tal. Und auf dem Hof pickten die Hühner das verlorene Getreide auf und kratzten nach Regenwürmern.

Das Orakel

»Wer nicht mehr liebt und nicht mehr irrt,
der lasse sich begraben.«
Johann Wolfgang von Goethe

Es war durchaus nicht die erste antike Vase, die sie ausgegraben hatte. Viele davon waren ganz oder teilweise zerbrochen und sie musste sie in mühevoller Kleinarbeit zusammenpuzzeln, um das große Ganze zu sehen. Die meisten waren auch relativ schmucklose Tongefäße, mit und ohne Henkel, oft dickbauchig mit schlankem Hals. Manche hatten das übliche spitze Ende, andere einen flachen Boden. Nur wenige waren kunstvoll bemalt gewesen, mit Kriegern, Wagen, Pferden und Festgelagen. Und obwohl sie jede für sich wunderschön und einzigartig fand, wusste sie gleich, diese hier war etwas ganz Besonderes.

Vor allem war sie unbeschädigt. Ein kugelrundes Gefäß mit flachem Boden und zwei angedeuteten Handgriffen stand vor ihr. Die Öffnung war neben der seltsamen Bemalung wohl das Geheimnisvollste, denn sie war mit einer Art Harz versiegelt. Die schwarzrote Bemalung war relativ einfach – Striche, Zacken, Linien und das typisch griechisch-eckige Mäandermuster am unteren und oberen Rand der Vase. Dazwischen aber rätselhafte Zeichen und kugelförmige Figuren, die weder Schrift noch Lebewesen zu sein schienen.

Irgendwie nicht von dieser Welt, dachte sie.

Das Alter des Gefäßes wurde auf etwa 400–300 v. Chr. geschätzt und am aufregendsten daran fand sie: dieses Ding war gefüllt. Es musste etwas Trockenes sein, Sandartiges. Denn wenn sie die Vase bewegte, rieselte es von einer Seite zur anderen. Eines war gewiss: Um die ›Geschichte‹, das Geheimnis dieses Gefäßes aufzudecken, brauchte es weitere Experten.

Wochen später saß sie mit einer Kollegin, die sich mit antiken Mythen und Schamanismus befasste, vor der Vase.

»Also wir denken, dass dies hier schamanische Schutzzeichen sind«, begann sie und zeigte auf die Rauten, Kreuze, Kreise und blütenförmigen Gebilde. Dann drehte sie das Gefäß, bis eines der kugelförmigen Wesen ins Blickfeld rückte.

»Das hier«, fuhr sie mit zunehmender Begeisterung fort, »weist auf einen alten Mythos der Kugelmenschen hin.« Sie stellte das Gefäß behutsam auf den Tisch und schob ein Reagenzglas mit weiß-rotgesprenkeltem Sand daneben hin.

»Und das hier ist wohl das Bemerkenswerteste«, sagte sie und legte ihre Hände um das Glas wie um ein kostbares Juwel.

»Wir haben den Sand untersucht und im Grunde nichts Besonderes gefunden. Also Quarz, Minerale, Karbonate und Bestandteile von Kiefern und Käfern.« Wieder machte sie eine kunstvolle Pause.

»Aber dann kam uns der Zufall zu Hilfe. Wir haben da ein lange verheiratetes Paar im Institut, das zufälligerweise bei uns im Labor war, als ein Assistent die Petrischale mit etwas von diesem Sand verschüttete. Akkurat auf die beiden Besucher. Und jetzt wissen wir, warum dieses Paar schon so lange erfolgreich zusammenlebt.

Warum sie sich noch immer so verbunden fühlen.« Sie lachte verschwörerisch.

»Als der Sand nämlich die beiden berührte, leuchtete ihre Aura auf, umschloss sie kugelförmig, rotorange glühend, wie die untergehende Sonne. Wir haben es dann natürlich mit anderen Paaren getestet. Bei den meisten zeigte sich ein anderes Bild. Nämlich zwei getrennte Auren, in den verschiedensten Farben. Nur bei einem weiteren, jungen Paar gab es den gleichen Effekt wie beim Ersten. Was schließen wir also daraus? Es handelt sich wohl um die Zutat zu einer Art schamanischem Orakel. Wir vermuten deshalb, ein Ritual für Paare, die einen Blick in ihre gemeinsame Zukunft werfen wollten.«

Natürlich gab es weitere Untersuchungen des mystischen Sandes. Aber das Geheimnis seiner Zusammensetzung und Wirkungsweise blieb verborgen. Das Gefäß und sein Inhalt fanden schließlich einen sicheren Platz im Keller des Instituts, um Missbrauch und Geschäftemacherei vorzubeugen.

Aber irgendwo im Institut musste wohl eine Sicherheitslücke gewesen sein, denn kurz darauf wurde ein teures Heiratsinstitut mit einer erstaunlich hohen Erfolgsquote populär.

Der Karpfen

»Tiere sind meine Freunde,
und ich esse meine Freunde nicht.«
George Bernard Shaw

E s war ein Karpfen. Der Fischer wusste es mit dem ersten Ruck seiner Angelrute. Auf jeden Fall war es keiner dieser kleinen, schlauen Köderräuber, sondern ein Fisch in Backofengröße. Zuerst fühlte er sich an wie die anderen Karpfen, die er schon aus dem Wasser gezogen hatte. Groß genug jedenfalls, um für vier bis fünf Esser auf der Speisekarte zu landen.

Der Fisch zog die Angelschnur straff und versuchte, dem Feind, der ihn da am Maul zog, zu entkommen. In großen Schleifen durchmaß er das Gewässer, aber der Fischer hielt die Schnur auf Zug. Dann plötzlich hing die Angelleine durch. Hatte sich der Karpfen befreit?

Langsam, mit Sorgfalt, holte der Fischer die Angelschnur ein und stoppte. Nein, er war noch dran. Wieder schwamm der Karpfen davon und zog die Leine von der Rolle.

Noch einige Male wiederholte sich dieses Spiel. Einmal dachte der Fischer sogar, dass sich die Schnur irgendwo da unten verhakt hätte. Er versuchte, sie mit sanftem Ruck zu befreien.

Plötzlich schoss der Karpfen aber an die Oberfläche und der

Mann hatte gut zu tun, die Angelschnur aufzurollen.

Schließlich, nach über einer Stunde des Kräftemessens, hatte er den Fisch im Netz. Er erschlug ihn mit ein paar kräftigen Hieben auf den Kopf und legte ihn dann in den dafür mitgebrachten Korb. Zufrieden setzte er sich schließlich auf die Bank und genoss die wärmenden Strahlen der Herbstsonne, die am gegenüberliegenden Ufer bereits hellorange die Baumwipfel berührte. Vielleicht, so dachte er, würde an der zweiten Angel ja ebenfalls ein Fisch anbeißen. Aber der Karpfen im Korb blieb an diesem Tag der einzige Fang.

Also holte der Fischer die Angel ein, zerlegte und verschnürte sie und streute den Rest des mitgebrachten Maisköders im Teich aus. Die Fische im Teich sollten ihre Freude an der Gratismahlzeit haben. Dann nahm er sein Angelgerät, den Korb mit dem Fisch und verstaute alles im Wagen.

Zuhause angekommen stellte er den Korb mitsamt dem Karpfen in den Kühlraum im Keller. Entschuppen und ausnehmen würde er ihn später, nachdem er sein Feierabendbier getrunken hätte.

»Was ist es denn diesmal?«, fragte seine Frau, nachdem er sich gesetzt hatte.

»Ein Karpfen. Drei Kilo etwa.«

»Schon ausgenommen?«

»Nein, ist noch unten im Kühlraum. Ich geh dann später«, sagte der Fischer und hob das bauchige Bierglas an den Mund.

»Lass nur, dann mach ich das jetzt. Muss dann ja noch den Nachtisch machen.« Die Frau ging in den Keller, um den Fisch zu holen und der Mann ließ sich das nicht zweimal sagen. Er schaltete den Fernseher mit dem Nachrichtenblock ein und genoss sein Bier.

Zwischen den Lokalnachrichten und den Sportergebnissen schreckte ihn ein schriller Schrei aus der Küche auf. Hatte sich die Frau mit dem großen Fischmesser verletzt? Er sprang auf und stand kurze Zeit später hinter seiner Frau, die mit dem erhobenen Messer vor dem Tisch stand, wo der Karpfen auf einem Brett lag.

»Er … er hat sich bewegt!«

»Er ist tot«, versuchte er sie zu beruhigen. »Ich habe ihn vor knapp drei Stunden aus dem Wasser geholt. Wahrscheinlich ist er dir nur ein wenig vom Brett gerutscht. So ein Fisch ist schlüpfrig.«

»Nein, ich wollte ihn gerade ausnehmen … habe das Messer angesetzt und da schlägt der mit der Flosse …«, erklärte sie aufgeregt.

»Ach was, gib her!«, sagte der Mann und nahm der Frau das Messer aus der Hand. Kaum aber berührte er mit der scharfen Klinge den Fisch, als der mit der Schwanzflosse schlug und sich vom Brett wand. Im letzten Augenblick hielten beide das Tier fest, damit es nicht vom Tisch sprang.

»Das gibt's doch nicht«, leugnete der Mann den Vorfall.

»Hab ich doch gesagt«, erwiderte die Frau zitternd.

»Unsinn. Der ist halt noch frisch und glitschig. Wir machen das jetzt so«, wies er seine Frau an. »Du hältst ihn an Kopf und Schwanz fest, ich schneide.«

Die Frau wechselte auf die andere Seite des Tisches und tat wie ihr gesagt wurde. Als sich die scharfe Messerspitze aber dem Bauch des Karpfens näherte, schrie die Frau abermals auf und ließ ihn erschrocken los.

»Der hat mich angeschaut, der lebt!«

»Blödsinn, vor drei Stunden habe ich ihn gefangen. Dann lag er fast zwei Stunden lang im Korb, auf dem Trockenen. Und auf der Rückfahrt, durch den Stau, quer durch die Stadt, hat er keinen

Mucks gemacht. Das sind wahrscheinlich nur die letzten Zuckungen. Du weißt ja, der Hauptnervenstrang am Rücken.«

Währenddessen zuckte der Fisch mit der Rückenflosse.

»Jetzt komm, lass uns das zu Ende bringen«, sagte der Mann genervt. »Halt ihn fest!«

Er umgriff entschlossen das Messer, während seine Frau den Karpfen festhielt und mit geschlossenen Augen den Kopf abwandte. Kaum aber berührte die scharfe Klinge den schuppigen Bauch, befreite sich der Fisch in einer kraftvollen Windung und sprang vom Tisch.

»Der lebt!«, schrie die Frau auf, »Ich hab's doch gesagt.«

Der Fisch am Boden krümmte und wand sich. Sprang von den Tischbeinen zum Kühlschrank, zurück zum Tisch, akkurat auf den linken Fuß der Frau, die schaudernd zurücksprang. Von dort wieder zum Herd und zur offenen Küchentür.

»Mach die Schlafzimmertür zu, sonst haben wir den noch im Bett«, rief völlig aufgelöst die Frau.

Gerade noch rechtzeitig erreichte der Mann die besagte Tür, als der Fisch bereits den Flur entlang zappelte.

»Das fehlte noch, dass ich dich unter dem Bett hervorholen kann«, warf er dem Karpfen grimmig entgegen. Dann fasste sich die Frau ein Herz und ließ die Badewanne ein. Nach einem wilden Fangspiel im Flur, einem fast gefangen und gerade noch entwischt, holte die Frau endlich ein Geschirrtuch und warf es über den Fisch. Der Mann packte den Karpfen mit dem Tuch und entließ ihn in die gefüllte Badewanne, wo der Fisch schließlich gewandt und kraftvoll seine Runden zog. Dabei öffnete und schloss er sein rundes Fischmaul und rollte seine Augen. Fast hätte man meinen können, dass er sich über den langen Kampf um sein Leben beschweren wollte.

»Ich kann den nicht mehr essen«, sagte die Frau. »Wir müssen ihn zurückbringen.«

»Was? ... Wie? Es ist doch schon dunkel.«

»Ja jetzt«, sagte sie bestimmt. »Der ist mir wirklich unheimlich.«

So stritten sie einige Sätze lang, ob es jetzt oder morgen sein musste, aber die Frau gewann. Diesen Fisch wollte sie auf gar keinen Fall über Nacht im Haus haben. Also holte sie eine große Plastikbox aus dem Keller, in welcher sie ihre Winterpullover aufbewahrte. Sie leerte sie aus und schöpfte damit anschließend den Fisch samt Wasser aus der Badewanne. Der Karpfen schwamm geradezu bereitwillig hinein und schlug noch einmal aufspritzend mit der Schwanzflosse, als die Frau den Deckel aufsetzte.

Über dem Teich funkelten die Sterne und der silberne Vollmond fand sein Spiegelbild auf der Wasseroberfläche. Ab und an fegte ein zarter Windstoß über das Wasser, sodass sich das runde Spiegelbild im Wechselspiel kräuselnd ausfranste und dann wieder klar im Wasser lag.

Am Ufer stand der Fischer mit seiner Frau. Gerade hatten sie die schwere Box zum Teich geschleppt.

»Na dann«, sagte aufseufzend der Mann und die Frau hob den Deckel ab. Dann nahmen beide die Box, schoben sie den letzten Meter bis zur Wasserlinie vor und kippten den sonderbaren Karpfen zurück in den Teich.

Kaum war er aber in seinem heimatlichen Element, leuchteten seine Schuppen und Flossen blau fluoreszierend auf. Ungläubig sahen die beiden dem Fisch nach, der direkt auf das runde Mondbild zu schwamm. Mit einem Flossenschlag wirbelte er das Spiegelbild durcheinander und verschwand schließlich in der dunklen Tiefe des nächtlichen Gewässers.

»Das glaubt uns kein Mensch«, sagte der Fischer.

»Nein«, bestätigte die Frau, »das glaubt uns kein Mensch.«

Am Laufsteg

»Ruhm ist ein Gift,
das der Mensch nur in kleinen Dosen verträgt.«
Honoré de Balzac

K andidatinnen fertig?«

»… noch … 10 Minuten.«

»Hier fehlt noch …« »… ist schon da!«

»Einlass?« »Jeden Moment«

Unruhe und Gerenne füllte den großen Raum. Die Lichtregie machte einen Probelauf mit dem Dramaturgen, da und dort wurde ein Scheinwerfer um zwei Millimeter nachjustiert, der Dekor zurecht gezupft und Programme, Prospekte und Flyer auf den Stühlen ausgerichtet. In abgehackten Sätzen wurden letzte Anweisungen, Fragen und Korrekturen ausgetauscht.

»Die Punkte-Richter?« »… fertig, warten backstage.«

»Adelberger, wer hat Adelberger gesehen?« »Ist gerade eingetroffen.«

»Kamera?« »Kameras bereit!«

Alles musste perfekt sein, denn diesmal ging es um die Entscheidung. Fünf Finalistinnen kamen in die Endrunde. Für eine der Schönheiten ging es um alles oder nichts. Live on air wurde die diesjährige Styling-Queen gewählt.

Kurze Zeit später summte der Raum von flüsternden Stimmen, Rascheln, Blättern und scharrenden Füßen. Der Moderator betrat die Bühne und ging bis zur Mitte des Laufstegs.

»Meine Damen und Herren, herzlich willkommen beim diesjährigen Finale zur Styling-Queen. Wir freuen uns außerordentlich, auch diesmal Rainer Maria Adelberger begrüßen zu dürfen.« Er machte eine kleine Verbeugung in Richtung des prominenten und allseits beliebten Designers. »Rainer Maria Adelberger wird uns auch diesmal mit seinem untrüglichen Geschmack und Gespür für das perfekte Styling unterstützen. Vielen herzlichen Dank Rainer, wir sind schon überaus gespannt auf deine Bewertungen.«

Adelberger lächelte gewinnend. »Das Vergnügen ist ganz meinerseits. Ich bin schon so gespannt auf die Finalistinnen und ihren Look. Ach ist das schön. Lasst uns endlich anfangen.«

»Genau, verlieren wir also keine Zeit denn die Kandidatinnen warten backstage sicher schon sehr ungeduldig auf ihre Präsentation.« Während dieser kleinen Einführung ging der Moderator rückwärts den Laufsteg entlang und stellte sich links vor den Vorhang.

»Die erste Kandidatin kommt aus Bayern. Lotte von Lippe-Wildenstein hat es mit ihrer rustikalen Art bis in die Endrunde geschafft. Hier ist unsere sympathische, wunderbare Lotte.«
Unter rauschendem Beifall trippelte Lotte den Laufsteg entlang. Am Ende des Podiums drehte sie sich um die eigene Achse, wackelte einnehmend mit ihrem Hinterteil, um anschließend mit ein paar kleinen Schrittchen vor Adelberger Halt zu machen.

»Lotte bleibt ihrem Stil treu«, bemerkte Adelberger wohlwollend, »klassisch, rustikal hat sie einen tannengrünen Lodenmantel mit Leinenapplikationen in Braun und Gold gewählt, die übrigens ganz hervorragend mit ihren rehbraunen Augen harmonieren. Dazu ein Halsband aus Rauleder mit einem goldenen Herzen als Anhänger. Mit ihren wunderschönen Augen und ihrem goldenen Herzen hat sie ja auch das Publikum schon im Sturm erobert. Der Mantel ist allerdings um einen Tick zu lang und erdrückt die Gestalt von Lotte etwas. Deshalb bekommt sie von mir von Herzen kommende ganze sieben Punkte.« Lotte machte gut gelaunt eine Runde vor dem Juror und trippelte zum Bühnenausgang.

»Kommen wir zur nächsten Kandidatin. Es ist die atemberaubende, wunderbare Jascha el Mahdan. Sie kommt ursprünglich aus Afghanistan und lebt seit vielen Jahren in Ebreichsdorf. Hier ist Jascha!«

Jascha betrat den Laufsteg und blieb kurz stehen. Ihr langes, weißblondes Haar umspielte seidig ihren ganzen Körper. Mit einer eleganten Bewegung warf sie den Kopf zur Seite, wodurch ihr Haar wie ein meditativer Wasserfall in Bewegung geriet. Mit weit ausholender, wiegender Gangart schritt sie auf Adelberger zu und blieb mit wallendem Haar vor ihm stehen. Dann machte sie eine halbe Drehung nach links und kurz bevor die Bewegung ihrer Haarpracht abebbte, noch eine Drehung in die entgegengesetzte Richtung, bis sie hoch aufgerichtet den Stylingprofi herausfordernd anblickte.

»Was für ein Auftritt«, ließ sich Adelberger nicht lange bitten, »wow! Jascha aus Ebreichsdorf? Nein, das ist ja ein heißes Gerät. Also ich hätte gewettet, sie kommt natürlich aus New York. Was denn sonst. Dieser Look und diese virtuose und wunderbare Präsentation. So schön! Ein bisschen prall wirkt sie mit dieser Haarpracht zwar von hinten, aber der ganze Auftritt ist so aufregend, so leicht und elegant und deshalb bekommt sie von mir prachtvolle ganze neun Punkte.«

Als Jascha dem Bühnenausgang zu wogte, drängelte sich bereits die nächste Kandidatin an ihr vorbei. Jascha knurrte leise; »Geh mir aus dem Weg, du glubschäugiger Rehrattler«, und verschwand hoheitsvoll hinter der Bühne.

»Und hier kommt auch schon unsere Maddy«, kam es prompt aus der Ecke des Moderators, der noch hinzufügte: »Madeleine aus Yucatan.« Madeleine, genannt Maddy, sprang und hüpfte freudig bis zum Ende des Laufstegs und drehte dort ein paar wilde Pirouetten, bevor sie vor Adelberger stehen blieb.

»Ach Gottchen, was ist das denn für eine süße Maus. Allein diese Wahnsinnsaugen wären ja schon Schmuck genug. Wahrhaft ein Traum in Rosa. Ein Rock aus Tüll mit einem seidenen Bolero und diese Schühchen, nein wie reizend. Die rosa Perlen sind fast einen Tick zu viel. Aber alles zusammen eine tolle Kombi und deshalb bekommt die süße Maddy von mir ganz herzliche acht Punkte.« Maddy stieß einen spitzen Laut aus und lief selbstbewusst zum Ausgang.

»Das war also Maddy ... und nun kommen wir zu unserer Publikumswahl. In den Vorausscheidungen konnte sie ja bereits ganz überraschende Punkte sammeln. Begrüßen sie mit uns die Quereinsteigerin Cuvée aus Oberwaltersdorf. Viele ihrer Fans von der Promenadensiedlung sitzen hier im Publikum und warten schon sehnsüchtig auf ihren Auftritt.«

Cuvée betrat die Bühne und sog schnuppernd die Luft ein, bevor sie gelassen und federnd den Laufsteg entlanglief und schließlich an dessen Ende stehen blieb.

»Ach wie schön!«, rief Adelberger aus, »eine Naturschönheit. Wie erfrischend. Das glänzende, gesunde Haar in der richtigen Länge unterstreicht ganz hervorragend ihren Typ und als einziger Schmuck zum Halsband ein kariertes Tuch in Rottönen. Wunderbar. Jedes Ding mehr wäre zu viel. Cuvée bekommt dafür von ganzem Herzen sieben Punkte von mir.« Unter Bravorufen ihrer Groupies machte Cuvée einen kleinen Sprung aus dem Stand und trabte schließlich mit einem Lächeln im Gesicht zum Bühnenausgang.

»Und nun kommt unsere geheime Favoritin. Wir alle sind schon sehr gespannt, wie sie sich heute präsentieren wird.« Der Moderator wies mit großer Geste zum Bühnenausgang.

»Miss Gaga!« Aber das Podium blieb leer.

»Wahrscheinlich muss sie noch ein winziges Detail korrigieren, denn wir wissen ja, Miss Gaga ist Perfektionistin. Ihre Auftritte sind bereits legendär und ihre Herkunft geheimnisvoll. Niemand scheint genau zu wissen, wie …«

Bewegung hinter der Bühne verriet dem Moderator den Auftritt der letzten Kandidatin und deshalb unterbrach er seine Überlegungen mit: »Aber vielleicht müssen wir das auch gar nicht ergründen, freuen wir uns auf den Auftritt von Miss Gaga.« Noch einmal wies er auf den Bühneneingang, wo Miss Gaga mit hoch erhobenem Kopf stehen blieb und sich im Applaus des Publikums sonnte. Dann setzte sie sich wie eine Ballerina auf Zehenspitzen in Bewegung. Ihre schwarze Lockenpracht wippte im Takt mit ihren Schritten, bis sie tänzelnd vor dem Juror Halt machte.

»Das ist ja ein aufregendes Mädchen. Woohooo! Also diese schwarzen Locken, kontrastiert mit lila und goldfarbenen Bändchen, atemberaubend. Passend dazu der lila Nagellack und der absolute Kick die weiße Brille mit goldverspiegelten Gläsern. Mit allem zusammen schafft sie damit eine wunderbare Verbindung. Ach, so schön! Tolle Kombi, tolle Beinchen. Wenn du die siehst, vergisst du sie nie wieder. Miss Gaga bekommt deshalb von mir sehr professionelle neun Punkte.« Die Kandidatin machte eine sexy Kehrtwendung und wippte siegessicher dem Ende des Laufstegs entgegen, wo sie in der Mitte des Entrees stehen blieb.

Ein Trommelwirbel und die Styling-Queen-Signation markierten den Höhepunkt der Show. »Und nun die Endauswertung«, verkündete der Moderator, der von einer Assistentin die verheißungsvollen Kuverts erhielt.

»Unsere Finalistinnen – und wir alle natürlich – sind nun sehr gespannt, wer unsere diesjährige Styling-Queen wird. Die Letzten sind dabei schon immer die Ersten gewesen. Ein Blick auf die Punktewertung zeigt uns ...«, der Moderator legte eine kunstfertige Pause ein und öffnete die Kuverts mit der Endauswertung.

»Der fünfte Platz also geht an Lotte von Lippe-Wildenstein. Herzlichen Glückwunsch Lotte!« Die Angesprochene wedelte kurz mit dem Hinterteil und setzte sich zufrieden auf das Podium.

»Platz Nummer vier geht mit dreißig Punkten an die allseits beliebte Cuvée. Glückwunsch!« Der Moderator verneigte sich knapp und die Fangemeinde jubelte der Finalistin zu.

»Kommen wir zu Platz Nummer drei. Mit einunddreißig Punkten ist Dritte geworden ... die bezaubernde Maddy. Applaus für Madeleine aus Yucatan!«

Maddy stieß einen spitzen Laut aus und sah mit ihren großen Augen etwas enttäuscht in die Runde.

»Und nun zum zweiten Platz. Im Kopf-an-Kopf-Rennen mit unserer neuen Styling-Queen geht der zweite Platz an Miss Gaga. Und unsere Gewinnerin iiist … mit vierunddreißig Punkten Jascha El Mahdan aus Ebreichsdorf. Herzlichen Glückwunsch Jascha! Applaus für unsere neue Styling-Queen.«

Im aufbrausenden Applaus stürzte Maddy im Schatten der Siegerin den Laufsteg entlang, sprang unter den Tisch von Adelberger und verbiss sich mit spitzen Zähnen in seine Designerhose. Miss Gaga folgte der Siegerin bis zum Ende des Laufstegs und stieß vor der aristokratisch verwurzelten Siegerin empörte, spitze Laute aus. In diesem allgemeinen Tumult entging es allen Beteiligten, wie Lotte und Cuvée schwanzwedelnd von ihren Besitzern aus dem Saal geführt wurden.

Roquefort und die Sonntagsfrau

»Erfolg hat nur, wer etwas tut, während er auf den Erfolg wartet.«
Thomas Alva Edison

E va Sonntag sah aus dem vergitterten Fenster ihres Container-Büros. Es war Freitag, elf Uhr und in zwei Stunden würde sie nach Hause fahren und sich auf das Wochenende freuen. Denn am Sonntag feierte sie ihren fünfzigsten Geburtstag. Und da sie just an diesem Wochentag geboren wurde, war ihr als Sonntagskind diesmal ganz besonders zum Feiern zumute.

Eine ungestüme Hundeschnauze schob sich zwischen ihre Hosenbeine und riss sie aus ihren Gedanken. »Feiner Hund, braaaaver Roquefort, ist dir schon langweilig, wie?« Sie kraulte den kaum einjährigen deutschen Drahthaar hinter den Ohren, tätschelte ihm den Hals und strich mit einer kräftigen Handbewegung über seinen Rücken. Roquefort antwortete mit einem wohligen, tiefen Brummen und sein Hinterteil meldete, dass er genug hatte von der Warterei. Dann lief er eilig in die andere Ecke des Büros, wo er sein Spielzeug hortete, nahm eine gelbe Quietscheente ins Maul und legte sie der Buchhalterin auf den Schoß.

»Nein, nein, ich kann jetzt nicht mit dir spielen. Unser Chef braucht die Monatsabrechnung – sonst schreit er wieder mit uns herum, wenn sie nicht rechtzeitig fertig ist«, versuchte sie den Hund zu beschwichtigen, als der dunkelgrüne Pickup abrupt vor dem Bürocontainer hielt. »Siehst du, da kommt er schon«, wies sie mit der Hand nach draußen, nahm den Hundekopf dann in beide Hände und erklärte den sanften Hundeaugen, »mit seiner Janine und der allerbesten üblen Laune wie ich sehe. Wenn ich du wäre, würde ich jetzt ganz schnell unter dem Tisch verschwinden.« Mit »Geh Platz! Platz Roquefort!«, schob sie den Hund von sich weg.

Der ließ das Spielzeug fallen, aber sein Blick hoffte auf eine Meinungsänderung. »Platz!«, zischte Frau Sonntag noch einmal, dann flog geräuschvoll die Tür auf und der gewichtige Anton Riesser polterte herein.

»Post da?«

»Guten Tag Herr Riesser! Die Post liegt auf ihrem Schreibtisch – wie immer. Ach, und die Werkstatt hat angerufen, dass der LKW fertig ist. Wenn Sie ihn aber noch vor dem Wochenende brauchen, müssten Sie ihn bis dreizehn Uhr abholen, weil dann sonst niemand mehr da ist.«

»Sagn's dem Sepp, er soll ihn holen.«

»Also der Herr Unterweger ist jetzt bei der Zulassungsstelle. Und danach soll er ja den neuen Deutz nach Leoben bringen.«

»Herrgott, muss man denn alles selber machen!«

Riesser nahm einen Bleistift vom Tisch und öffnete damit ein Kuvert mit handgeschriebener Adresse. Dann zog er zwei zusammengeheftete Blätter heraus. Eva Sonntag fiel auf, dass auf der rechten unteren Ecke der Rückseite ein kreisrunder Fleck war, der wohl von einer Kaffeetasse herrührte.

»Auch das noch!«, stöhnte Riesser wütend auf. Janine Steiregger, die es sich gerade auf dem Besucherstuhl bequem gemacht hatte, sah ihn mitleidig an.

»Ist das nicht die Schrift deiner Tante?«

»Ähhh ja, als ob ich nicht auch so schon genug zu tun hätte.« Rasch faltete er das Papier zusammen und tastete fahrig seine Hose ab. »Fix, wo ist denn …«

»Dann muss sie sich halt einmal selbst helfen, oder?«

»Was?«, wandte sich Riesser nach seiner Freundin um.

»Na deine Tante. Kann sich auch mal selber helfen, meinte ich.«

»Red nicht so gscheit daher, über Sachen von denen du nichts verstehst.« In der Gesäßtasche wurde er schließlich fündig und zog sein Mobiltelefon heraus.

»Musst nicht gleich patzig werden. Ich wollte ja nur helfen.« Janine holte einen Spiegel aus ihrer Tasche und überprüfte die Kontur ihrer kirschroten Lippenfarbe.

»Ach lass mich doch in Ruhe.«

»Ich mein ja nur, immer musst du gleich springen, wenn sie mit dem Finger schnippt.« Riesser öffnete mit hochrotem Kopf den Mund als ihm einfiel, dass sie nicht allein waren.

»Ähmm, nein, diesmal muß ich ihr schon helfen«, wedelte er mit dem Brief vor Janine hin und her, suchte in dieser Bewegung nach einer passenden Erklärung.

»Sie hat Ärger mit einem Pächter und du weißt ja, mit dem Behördenkram kennt sie sich nicht aus.«

Dann verließ er mit dem Brief in der Hand das Büro und ging in den Hof, um zu telefonieren. Kurz darauf kam er zurück, holte sich eine Dose Bier aus dem Kühlschrank und legte den Brief daneben auf den Tisch, um die Dose zu öffnen. Dann drehte er sich zu Frau

Sonntag um und fuhr sie an: »Ist die Monatsabrechnung schon fertig?«

»Ich bin dabei.«

»Dann beeilen Sie sich gefälligst, ich brauche sie noch heute!«

»Ich weiß, das hatte ich auch vor.«

»Und wo ist der Schlüssel vom Dreier-LKW?«

Mit einem Blick auf das Schlüsselbrett entgegnete Frau Sonntag: »Der hängt leider nicht da. Ich weiß nicht, wer ihn zuletzt gehabt hat.«

»So eine Schlamperei!«, schrie nun Riesser, »ständig muss man alles suchen. Wenn ich den Kerl erwische, der nicht weiß, wo die Schlüssel hingehören«, und stürmte zur Tür hinaus, um den Unhold ausfindig zu machen.

»Aber wer hat ihn denn zuletzt gefahren?«, fragte Janine.

»Der Chef selbst. Weil die anderen alle unterwegs waren und sonst niemand Zeit hatte, den Wagen in die Werkstatt zu bringen. Was danach war, weiß ich nicht.«

»Aha, wissen Sie zufällig, welche Jacke er getragen hat?«

»Ja, die braune, die dort in der Ecke hängt.«

Janine stand auf und suchte die Taschen der bezeichneten Jacke ab. In der zweiten wurde sie fündig. »Da sind sie ja!«, sagte sie gut gelaunt und schwenkte die Schlüssel, dass sie leise klimperten.

In diesem Augenblick kam Riesser zurück.

»Schau Toni, ich hab die Schlüssel gefunden.« Und bevor Riesser ein weiteres Wort über den Schuldigen verlieren konnte, fügte sie hinzu: »Sie waren in deiner Jacke, du hast den Truck doch selbst in die Werkstatt gebracht.«

Riesser nahm ihr unmutig die Schlüssel aus der Hand, holte den

Ordner mit den offenen Rechnungen aus dem Regal und drehte sich zu Frau Sonntag um.

»Haben Sie den Radegger schon gemahnt?«

»Nein, ich sollte ja zuerst die Abrechnung machen. Aber wenn ich damit fertig bin, kann ich das noch erledigen.«

»Das möchte ich stark hoffen«, sagte der aufgebrachte Riesser und knallte den Ordner auf den Tisch neben dem Kühlschrank. Dabei flatterten die dort liegenden Papierstöße wie aufgestörte Vögel auseinander. Eines der Blätter hing kurz an der angrenzenden Wand und verschwand schließlich zitternd hinter der Tischkante in Richtung Fußboden. Dort verbarg ihn eine große Kiste mit der Buchhaltung aus dem Vorjahr vor neugierigen Blicken.

Riesser trat an den Schreibtisch, wo noch immer die restliche, ungeöffnete Post lag und durchsuchte nervös den Stoß und die nähere Umgebung nach etwas, das ihm sehr wichtig schien.

»Zum Kuckuck, wo ist denn …«

»Was suchst du denn schon wieder Toni?«

»Na den Brief von der Tante Anna, was werde ich sonst schon suchen … Man kann nichts auch nur zwei Sekunden aus den Augen lassen in diesem Saustall.«

»Haben Sie ihn weggelegt?«, blaffte er Frau Sonntag an.

»Nein, soweit ich gesehen habe, sind Sie damit zum Telefonieren hinaus gegangen.«

Riesser schlug vor Wut mit der flachen Hand auf den Tisch. »Da hab ich ihn hergelegt. Und jetzt ist er weg. Diese Schlamperei wird Folgen haben, das sag ich Ihnen«, schrie er.

»Es ist wirklich unglaublich. Wenn ich jedem die Zeit abziehen könnte, die man dauernd mit Suchen nach allem Möglichen verbringen muss, könnte ich mir eine Menge Gehaltskosten sparen.« Und mit einem Blick auf die Uhr fügte er hinzu: »Verflixt ich muss fahren, sonst sperrt die Werkstätte noch zu.«

Janine sprang auf. »Kannst du mich mitnehmen? Ich muss noch etwas einkaufen.« Mit einem unmutigen von-mir-aus-Brummen wandte sich Riesser der Tür zu.

»Und der Sepp soll gefälligst mit dem Hund raus gehen«, rief er über die Schulter zurück. Dann verließ er eilig das Büro. Janine schnappte ihre Handtasche und stöckelte hinter ihm her.

Eva Sonntag blies die Backen auf und ließ die Luft in einem langen Atemzug geräuschvoll entweichen. Roquefort, der noch immer unter dem Tisch lag, fabrizierte einen ausgedehnten Winselton vom Sopran bis in die Basslage. »Na, dann sehen wir mal zu, dass wir hier fertig werden«, meinte Frau Sonntag und wandte sich ihrer Arbeit zu.

Eine halbe Stunde später fuhr einer der hauseigenen Mehrtonner auf den Hof, dem schließlich Sepp Unterweger entstieg. Roquefort spürte, dass nun endlich seine Zeit gekommen war und erwartete den Hausmeister und Angestellten für Alles ungeduldig an der Tür. Als Unterweger eintrat, tänzelte und sprang er um ihn herum und stieß kurze Freudenlaute aus.

»Naaa, ist schon höchste Zeit für einen kleinen Ausflug Roquefort, was?«, begrüßte Sepp den Hund.

»Tag Frau Sonntag! War der Chef da?«

»Grüss Gott Herr Unterweger. Ja, das kann man wohl sagen.«

»Aha, wieder mal dicke Luft, was?«

»Ich bin jedenfalls froh, wenn ich heute hier fertig bin. Der Chef ist übrigens in der Werkstatt, den LKW holen. Ich weiß nicht, ob er noch einmal zurückkommt.«

»Na gut, dann mache ich jetzt noch eine Runde mit dem Hund.«

Er nahm die Leine und verschwand mit dem freudig tänzelnden Roquefort durch die Tür.

Als die beiden eine Stunde später wieder im Hof auftauchten, war Frau Sonntag mit ihrer Monatsabrechnung fast fertig. Sepp Unterweger ließ Roquefort zur Tür herein und überreichte Frau Sonntag die Leine.

»Falls der Riesser nicht rechtzeitig zurück sein sollte, dann rufen Sie mich einfach an, wenn ich absperren soll.«

»In Ordnung. Ich muss nur noch eine Mahnung schreiben, dann bin ich fertig. Schönes Wochenende, falls wir uns nicht mehr sehen.«

»Danke, das wünsche ich Ihnen auch. Also dann, auf Wiedersehen.«

Wenig später schrieb sie die verlangte Mahnung und räumte anschließend ihren Schreibtisch auf. »Also, das wär's für heute, Herr Hund.« Roquefort erkannte seine Chance und versuchte es diesmal mit einem roten Gummiring aus seinem Fundus.

»Also gut«, sagte Frau Sonntag, »dann lass uns noch ein Spielchen machen.«

Sie nahm den Gummiring, versteckte ihn hinter ihrem Rücken, holte rasch mit der rechten Hand aus und täuschte eine Wurfbewegung vor. Aber der Hund ließ sich nicht foppen. Nur kurz wandte er den Kopf in die angedeutete Richtung, dann sah er Frau Sonntag erwartungsvoll an.

»Schlauer Hund«, sagte sie, holte aus und rollte den Gummiring über den Boden. Der prallte an der Regalwand ab und schlingerte unter den Tisch neben dem Kühlschrank, um mit einer eleganten Kurve hinter der schweren Kiste mit der Buchhaltung vom Vorjahr zu verschwinden. Roquefort war immer eine Nasenlänge hinterher, aber letzten Endes nicht schnell genug. Unter dem Tisch kratzte er schließlich beharrlich an der Kiste.

»Naaa, ist er dir entwischt? Komm, lass mich da mal hin.«

Frau Sonntag zog den Hund unter dem Tisch hervor und ließ sich auf die Knie fallen, um nach dem entflohenen Spielzeug Ausschau zu halten.

Sie tastete nach dem Ring, bekam zuerst ein Blatt Papier zu fassen und schließlich kam auch das Spielzeug zum Vorschein. Roquefort beobachtete sie erwartungsvoll. Die Buchhalterin kroch unter dem Tisch hervor, in der einen Hand den Gummiring, in der anderen ein Blatt Papier.

Am Boden sitzend betrachtete sie überrascht einen kreisrunden Fleck am rechten unteren Ende. Frau Sonntag drehte den Brief um. Es war dieselbe, gestochen klare Schönschrift wie auf dem Umschlag. Und die Botschaft bestand aus wenigen Sätzen.

Lieber Anton!
Habe heute diesen Brief von der Bank erhalten. Bring das bis Montag in Ordnung. Sonst werde ich für klare Verhältnisse sorgen!!!
Gruß Tante Anna

Der angeheftete Brief von der Bank, enthielt die übliche Zahlungsaufforderung, wenn der Schuldner mit den Raten in Verzug geriet. Allerdings stand hier als Kreditnehmer der Spedition nicht Riesser, sondern Anna Orthuber.

»Das ist ja lustig!«, sagte Frau Sonntag und sah auf den ungeduldig wartenden Hund. »Das heißt eigentlich, wir sind die Angestellten der Tante Anna ...« Sie lachte laut auf. Und gerade in diesem Augenblick als sie aufstehen wollte, ging die Tür auf und Riesser stand vor ihr.

»Ah, das habe ich gerade gefunden«, sagte Frau Sonntag und streckte dem Chef den vermissten Brief entgegen. Wobei sie sich das Lachen nur mühsam verkneifen konnte.

»Haben Sie das etwa gelesen?«

»Es ließ sich nicht vermeiden. Die Frau Orthuber hat ja eine sehr deutliche Schrift.«

»Hätte ich mir ja denken können, dass Sie Ihre neugierige Nase überall hineinstecken müssen. Das fällt mir ja schon seit einiger Zeit auf, dass Sie hier Unruhe stiften wollen. Aber nicht in meiner Firma. Nicht mit mir, sag ich Ihnen. Heute war Ihr letzter Tag hier. Sie sind entlassen ... fristlos!«

»Und welchen Grund wollen Sie für die Fristlose angeben? Tut mir leid, mit mir können Sie das nicht machen. Ich kenn mich da aus.«

»Haben Sie die Abrechnung endlich fertig?«

»Selbstverständlich, hier liegt sie.« Frau Sonntag wies auf einen roten Ordner auf seinem Schreibtisch. Riesser nahm ihn, wandte sich zur Tür und sagte im Hinausgehen: »Wie Sie schon gesehen haben, muß ich noch einiges erledigen an diesem Wochenende. Und ich werde nicht dulden, dass mir so eine Tratschtante dazwischenfunkt.« Dann zog er rasch die Tür zu und schloss von außen ab. Von draußen rief er noch, »Sie können übrigens schreien so laut Sie wollen, den Sepp habe ich schon nach Hause geschickt. Und sonst ist hier weit und breit niemand.« Damit verschwand er über den Hof, stieg in seinen Geländewagen und fuhr davon.

Frau Sonntag stand wie angewurzelt. »Das gibt's doch nicht«, sagte sie fassungslos. »Sperrt uns der Kerl tatsächlich ein!« Sie ging zur Tür und rüttelte daran. »Abgesperrt! … Wir sind eingesperrt! … Das darf doch nicht wahr sein.«

Dann fiel ihr das Telefon ein. Sie nahm den Hörer in die Hand und wählte die Nummer von Sepp Unterweger. Dann stutzte sie … die Leitung war tot. Ratlos sah sie den Hund an, der sie aufmerksam beobachtete.

»Ahhh, natürlich, sowas Blödes … mein Handy«, lachte sie. Griff nach ihrer Tasche, die neben dem Schreibtisch stand und fischte ihr Mobiltelefon heraus. Dann schaltete sie es ein und wartete auf Empfangsbereitschaft. Das Display leuchtete kurz auf, reduzierte anschließend die Helligkeit auf ein Minimum und brachte dann die Meldung ›Akku laden‹.

»Nein, auch das noch, immer wenn man das Ding wirklich braucht, ist es leer.«

Frau Sonntag sah sich um. Die beiden Fenster waren mit starken vertikalen Gitterstäben gesichert. Und die einzige Tür war abgesperrt.

»Also durch das Fenster kommen wir nicht«, stellte sie fest.

»Bleibt also nur die Tür. Wir müssen sie wohl aufbrechen. Schau mich nicht so an«, sagte sie zu Roquefort. »Hast du vielleicht Lust, das ganze Wochenende hier zu sitzen?« Roquefort gab Laut.

»Na siehst du, ich habe nämlich auch etwas Besseres vor.« Dann begab sie sich auf die Suche nach einem Werkzeug.

»Ein großer Hammer oder eine Axt wären nicht schlecht oder ein Stemmeisen. Aber so etwas haben wir hier drinnen leider nicht.«

Sie ging zur Kaffeenische und zog die Laden auf. Löffel, Gabeln – alles aus billigem Weichmetall – ein Korkenzieher, ein großes Brotmesser ...

»Versuchen wir es damit«, meinte sie, ging mit dem Messer zur Tür und versuchte, die Klinge zwischen Rahmen und Tür zu klemmen, um sich die Hebelwirkung zunutze zu machen. Die Klinge bog sich, die Tür gab ein paar Millimeter nach, dann brach der Stahl und die Spitze des Messers blieb in der Ritze stecken. Sie sah sich im Raum um, dabei streifte ihr Blick die Bürostühle. Ihr eigener war ein leichtes Exemplar, dem man das billige Massenprodukt ansah. Riesser hingegen hatte einen schweren Chefsessel mit Rollen und lederbezogener Sitzfläche.

»Versuchen wir es doch mal damit«, sprach sie Roquefort an und schob entschlossen den Chefsessel am Schreibtisch vorbei. Dann nahm sie Anlauf und ließ das Sitzmöbel gegen die Tür krachen. Die Wand mit dem Türrahmen federte ein wenig, aber die Tür blieb geschlossen. Frau Sonntag wiederholte die Aktion. In immer rascheren Attacken bearbeitete sie mit dem Stuhl die Tür, während Roquefort unter den Schreibtischen stand und aus sicherer Entfernung die Befreiungsversuche beäugte.

»Das muss doch ...«, nahm Frau Sonntag einen neuerlichen Anlauf und donnerte Riessers Sessel mit ihrer ganzen Kraft gegen die Tür. Aber alles was zu Bruch ging, war eine Rolle des Sitzmöbels.

»Verdammt!«, sagte Frau Sonntag und trat entnervt gegen die Tür. Sie setzte sich erschöpft zum Schreibtisch, wischte sich den Schweiß von der Stirn und sah ratlos durch die Gitterstäbe nach draußen, wo es bereits dämmerte.

Roquefort winselte. »Ja hast recht, wir sind zwei arme Hunde hier drinnen. Du könntest ja notfalls noch durch das Fenster springen. Aber ich komme da nie im Leben durch.«

»Wenn du dann dringend musst, kann ich dich ja hinauslassen. Aber jetzt leistest du mir noch ein wenig Gesellschaft, nicht wahr? Bist ein guter Hund!« Sie streichelte seinen Kopf, den er ihr auf den Schoß gelegt hatte.

»Vielleicht findest du dann ja jemanden, der dich nach Hause bringt. Oder du läufst zum Sepp. Da warst du ja schon öfters.« Die Erwähnung vom Sepp setzte die Rute des Hundes in freudige Erregung. Frau Sonntag seufzte und sah wieder resigniert zum Fenster hinaus.

»Moment …!«

»Das ist die Idee! Ich schicke dich zum Sepp.« Roquefort wedelte wieder aufgeregt mit dem Schwanz. »Und der kann dann kommen und aufsperren.«

Frau Sonntag wurde lebendig. Sie nahm einen kleinen Zettel, schrieb eine kurze Nachricht, die ihre fatale Situation beschrieb und löste Roqueforts Halsband. Dann wickelte sie das Papier um das Lederband und befestigte es mit zwei Gummibändern. Anschließend band sie dem Hund das Halsband wieder um. Als nächstes öffnete sie das Fenster, stellte einen Sessel vor den Schreibtisch und lockte den Hund mit einem »Komm!« und »Hopp!« auf den Tisch. Dort stand er nun und wartete aufgeregt, was jetzt passieren würde.

»Also du springst jetzt da hinaus und dann läufst du einfach zum Sepp. Verstanden?«

Mit gutem Zureden gelang es ihr, dass der Hund durch die Gitterstäbe nach draußen sprang. Dort angekommen sprang er in Erwartung eines neuen Spiels an der Fensterwand hoch und winselte.

»Nein Roquefort. Lauf ... lauf zum Sepp. Such den Sepp. Lauf! Na lauf schon ... wo ist der Sepp ... such den Sepp!«

Roquefort lief ein paarmal auf den Hof hinaus, kam wieder zurück, um zu sehen, ob da nicht noch etwas Interessantes nachkam.

»Wo ist der Sepp? Such den Sepp! Ja, such!«, setzte Frau Sonntag jedesmal nach. Schließlich lief Roquefort in Richtung Ausfahrt, sah am Tor noch einmal zurück und mit einem weiteren »Such den Sepp!«, verschwand er hinter der Mauer. Frau Sonntag setzte sich und seufzte. »Na ja, wir werden sehen«, meinte sie.

Sepp Hinteregger wohnte nur einen Kilometer entfernt, gleich hinter dem Ortsschild von Friesach. Frau Sonntag rechnete nach: Wenn der Hund es eilig hätte und sich nicht von den vielen guten Gerüchen am Straßenrand ablenken ließ, würde er in zehn bis fünfzehn Minuten bei Hintereggers Haus eintreffen. Natürlich wusste Frau Sonntag, dass einem Hund unterwegs alles Mögliche einfallen und er somit das Ziel aus den Augen verlieren könnte. Vor allem bei einem jungen, aufgeweckten und neugierigen Tier, wie es bei Roquefort der Fall war. Hinzu kam noch, dass es ja nicht ihr Hund war und Roquefort solche Dinge außerdem nicht geübt hatte. Aber eine kleine Hoffnung blieb ihr doch, weil der Hund an Sepp Hinteregger einen Narren gefressen hatte. Wohl als Folge der täglichen, gemeinsamen Ausflüge in den nahen Wald.

Die Sonne war endgültig untergegangen und neben dem offenen Fenster wurde es kühl. Frau Sonntag sah noch immer in den Hof hinaus und fröstelte. Eine halbe Stunde verging, jedoch der Hof blieb leer.

Vierzig Minuten später glaubte sie in der Ferne einen schwachen Lichtschein wahrzunehmen. Sie dachte schon an eine Täuschung ihrer angespannten Sinne, als sie ein näher kommendes Motorengeräusch hörte. Kurz darauf erleuchtete ein Scheinwerferpaar den Hof. Die Automarke konnte sie im Gegenlicht nicht erkennen, aber es war ein Kombi. Dann wurde der Motor abgestellt und ein leises Winseln war zu hören.

»Roquefort, du bist wirklich ein großartiger Hund«, sagte Frau Sonntag leise. Dann kam Sepp Unterweger und schloss die Tür auf.

»Bin ich froh, dass Sie gekommen sind«, begrüßte ihn erleichtert Frau Sonntag. »Ich dachte schon, ich sitze hier das ganze Wochenende fest und mein Geburtstag fällt ins Wasser.« Dann erzählte sie dem Hausmeister wie sie in diese missliche Lage gekommen war und was sie über die Firmenverhältnisse des Anton Riesser entdeckt hatte. Überraschenderweise wusste Sepp Unterweger über letztere Tatsache Bescheid, weil ihm als ehemaligem Knecht der Anna Orthuber dieselbe gut bekannt war und er sie noch immer regelmäßig besuchte und ihr auch über die Lage von Riessers Firma Bericht erstattete.

Sepp Unterweger kündigte auch an, dass er mit der Tante über den Vorfall reden würde und bat Frau Sonntag um ihre Telefonnummer, damit die Frau Orthuber mit ihr Verbindung aufnehmen könnte.

Dann nahm Frau Sonntag ihre Tasche, verabschiedete sich von Unterweger und ihrem vierbeinigen Retter, ging zu ihrem Wagen und fuhr nach Hause.

Am Nachmittag des nächsten Tages saß sie in der gemütlichen Stube der Anna Orthuber bei Kaffee und Kuchen. Sepp Unterweger war ebenfalls da und zu dritt besprachen sie einträchtig die nächsten notwendigen Schritte. Die ehemalige Bäuerin war noch ganz aufgebracht über den allerneuesten Sündenfall ihres Neffen, den sie gerade von Sepp erfahren hatte.

Bei seinem gestrigen Spaziergang mit dem Hund fiel ihm nämlich an der Forststraße zum Steinbruch ein Warndreieck auf. Er kam gerade zu dem Schluss, dass es wohl bei einer Panne vergessen worden war, als ein herankommender Pritschen-Lastwagen mit italienischem Kennzeichen seine Fahrt verlangsamte und in den Forstweg abbog.

Kaum war der erste Wagen verschwunden, tauchte der nächste auf und bog ebenfalls ab. Unterweger kam das nicht geheuer vor. Er verbarg sich im Unterholz und zählte noch weitere sieben Fahrzeuge. Das machte ihn neugierig und er folgte ihnen zum nahen Steinbruch. Dort stach ihm sofort ein unangenehmer Geruch in die Nase. Die Italiener luden dort offensichtlich eine Last ab, die niemand haben wollte. Einer nach dem anderen. Dann gewahrte Sepp auch die Silhouette eines Mannes, der ihm bekannt vorkam und offensichtlich von jedem Fahrer kassierte. Als der letzte Lenker abgerechnet hatte, erkannte er im reduzierten Lärm die Stimme. Es war Anton Riesser.

»So a Saubartl, na dem werd i Fiass mochn. Naaa, do head si bei mir da Spass auf. I werd eam scho zagn wo da Bartl in Most hoid. So a Saubua«, regte sich die Altbäuerin auf.

Draußen im Hof war der Geländewagen des Anton Riesser vorgefahren, den Anna Orthuber ebenfalls herzitiert hatte.

»Jetz is soweit …«, sagte die Bäuerin. Dann flog die Tür auf und Riesser polterte herein.

»Tag Tante A...!« Der Rest blieb ihm beim Anblick der kleinen Runde im Hals stecken. Er schluckte.

»Jo kim nur eina, mia ham wos zum regeln, mia zwa. Kaunsd di ruhig zuwisetzn. Schenier di net.«

Riesser nahm zögernd einen Stuhl und setzte sich mit einem Sicherheitsabstand zum gedeckten Tisch hin.

»Nochdem die Frau Sonntag eh olles waß und da Sepp sowieso, kenn ma glei deitsch redn«, begann die Bäuerin. »I waß eh, dassd mi fia a bissl bled hoidsd. Oba des mocht ma nix.« Riesser wollte etwas einwenden, aber Anna Orthuber ließ sich nicht unterbrechen. »Über des wosd da gestan mit da Frau Sonntag gleisded host, wüll i gor ned debattieren. Kaunsd froh sein, dass sie di ned aunzagd hod.«

»Aber das war doch nur ...«, versuchte Riesser einzuwenden.

»Goar nix owa«, schnitt ihm die Tante das Wort ab »owa gibts nimma. Jetz passiert genau des, wos i mit die zwa ausgmocht hob. Zerscht holsd dein Losta und ramsd den Mist weg, den du im Woid obglodn host. Sunsd zag nämlich i di aun. Und zwoa feinseiberlich bis auf des klanste Bresal.«

Riesser wagte wieder einen zaghaften Einwurf, aber die Tante war in Fahrt und ließ ihn nicht zu Wort kommen.

»Und waunn des gschegn is, daunn kaunnsd an Job in da Firma hobm, bis'd deine Schulden ozohld hosd. De zwa san jetz meine Gschäftsfiara. Und vielleichd, oba nur vielleicht und waunsd di aunständig auffiahsd, kaunsd mi daunn beerben. Waunn ned, oder i hear no amol so an Bledsinn, daunn vamoch i olles da Kirchn. Des kaunsd ma glaubm. Hosd mi?!«

Riesser stand langsam auf und trat unschlüssig auf der Stelle. Er wusste zwar, dass die Tante kein besonderes Nahverhältnis zur

Kirche hatte, aber er war sicher, sie würde diese oder eine ähnliche Drohung wahr machen. Im Augenblick wusste er nicht, was dazu noch zu sagen wäre. Darum versenkte er seine Hände in die Hosentaschen und zuckte resigniert die Schultern. »Na dann ...«, sagte er, schenkte den neuen Geschäftsführern einen feindseligen Blick und nickte der Tante widerwillig einen Abschiedsgruß zu. Dann drehte er sich um und ging zur Tür hinaus.

Die Tante, Unterweger und Frau Sonntag besprachen noch ein paar Einzelheiten, dann stand Eva Sonntag auf, um sich zu verabschieden.

»Vielen Dank für die Bewirtung und Ihr Vertrauen vor allem, Frau Orthuber.«

»Scho guad, jetz kennans do no endlich Geburtsdog feian, ned woahr?«

»Ja, da freue ich mich schon. Wissen Sie was, Sie würden mir eine große Freude machen, wenn Sie auch kommen. Ich habe alles vorbereitet. Wir feiern auf der Mönichkirchner Schwaig, das wird Ihnen bestimmt gefallen. Sie sind natürlich auch eingeladen Sepp.« Sepp Unterweger nickte erfreut und die Tante erhob sich von ihrem Platz.

»Jo gern, waun i ned steah beim Geburtsdog vun da Sunntogsfrau ...«, sagte die Orthuberin mit einem breiten Lächeln und drückte Eva Sonntag die Hand.

»Nein wirklich, Sie sind bestimmt eine Bereicherung für unsere Runde.«

»Na daunn gfrei i mi. Pfiad Ihna, bis murgn oiso.«

Die Orthuberin und Sepp begleiteten Eva Sonntag zur Tür hinaus. Im Hof stieg sie in ihren Wagen und winkte noch einmal zurück. Dann fuhr sie los und dachte amüsiert über die beruflichen Entwicklungen und ihre neue Chefin nach. Und an Roquefort natürlich, den schlauen Hund, der das alles in Bewegung gebracht hatte.

Der Klavierhocker

»Das Beste in der Musik steht nicht in den Noten.«
Gustav Mahler

Adelheid hatte ihn bei einem Spaziergang entdeckt. Unterhalb vom Ambraser Schlosspark in Aldrans. Mitten im Dorf. Er hatte gedrechselte Eichenbeine und ein besticktes Sitzpolster. Leuchtend blaue Rapportmuster und bunte Blumen auf dunkelblauem Grund. In schönster Gobelinarbeit aufgestickt.

Und obwohl der Klavierhocker eine Antiquität war und aus dem vorigen, wenn nicht sogar aus dem vorvorigen Jahrhundert stammte, waren die Farben der Stickerei frisch und leuchtend. Fast ein wenig zu leuchtend, fand sie zuerst. Bestimmt würde es Leute geben, die ihn kitschig fanden. Aber Adelheid hatte sich vom ersten Moment an in das Ding verliebt. Sie wusste selbst nicht warum, denn eigentlich war sie nicht gerade der Blümchen- und Rüschentyp. Immerhin saß man ganz ausgezeichnet auf dieser Klavierbank. Sie hatte es ausprobiert.

Und der Verkäufer hatte ihr dazu noch eine merkwürdige Geschichte erzählt: Dies sei angeblich der erste Hocker der jungen Clara Schumann gewesen und auf verschlungenen Wegen hierher nach Aldrans gekommen. Und es wäre nicht verwunderlich, dass Clara Schumann zum Wunderkind geworden sei.

Na ja, dachte sie, das ist ja eine hübsche Geschichte. Wahrscheinlich glaubte der Verkäufer, dass sie noch eine Entscheidungshilfe gebraucht hätte. Oder er war einer dieser verträumten Fabulierer, in deren Kopf immer irgendwelche Geschichten herumgeisterten. Auf jeden Fall gefiel ihr der Hocker und es war gut sitzen auf ihm. Mit hundertachtzig Euro war er nicht gerade billig, aber schließlich war er eine Antiquität und abgesehen davon fand sie ihn schön. Also bezahlte sie und wusste, dass sie sich mit diesem Hocker noch viel lieber ans Klavier setzen würde, um zu spielen.

Zuhause stellte sie die bunte Sitzgelegenheit vor ihr Pianino und räumte den bisherigen runden Hocker in eine Ecke. Gleich morgen würde sie sich ans Klavier setzen und spielen. Die Sarabande von Bach vielleicht? Und dann ein Menuett von Mozart? Oder lieber eine Scarlatti-Sonate? Ein wenig Schubert wäre auch schön, dachte sie. Vielleicht auch etwas von Clara Schumann. Sie lachte laut bei diesem Gedanken, als ihr die Geschichte des Verkäufers wieder einfiel.

Am nächsten Abend kam überraschend Besuch und deshalb wurde es nichts mit dem Klavierspiel. So stand der Hocker unberührt, unbesessen vor dem Pianino.

Am Sonntagabend fand sie aber endlich Zeit zum Spielen. Wie bereits vor einigen Tagen überlegt, suchte sie aus ihrer Sammlung Noten aus. Bach, Haydn und Schubert.

Adelheid begann mit ein paar Tonleitern und Fingerübungen, um sich aufzuwärmen. Dann schlug sie als erstes eine Ecossaise von Schubert auf, setzte sich noch einmal zurecht und legte die Finger auf die Tasten. Und obwohl sie schon einige Zeit nicht mehr gespielt hatte, ging ihr das Stück so leicht von der Hand, dass sie sich gar nicht erinnern konnte, wann sie sich zum letzten Mal so gut im

Fluss der Musik gefühlt hatte. Der Funken ihrer Spielfreude war entzündet.

Sie blätterte in Haydns Klavierstücken und entschied sich schließlich für die D-Dur Sonate. Aber schon bei den ersten Anschlägen nahm sie erschrocken die Finger von den Tasten. Was war denn mit dem Pianino plötzlich los? War irgendetwas kaputtgegangen? Das konnte doch nicht sein!

Noch einmal begann sie und spielte die erste Phrase. Es klang ganz anders als gewohnt. Eher wie ein Hammerklavier. Abermals begann sie, diesmal den ganzen ersten Satz, das Allegro. Kein Zweifel, ihr Allerweltspiano klang plötzlich wie ein Hammerklavier. Schön, aber eben nicht wie gewohnt. Verblüfft aber beflügelt spielte sie noch einmal das Allegro und dann auch das Largo und das Finale Presto.

Am Ende seufzte sie, noch immer etwas verwirrt, aber beglückt auf. Hatte vielleicht dieser Klavierhocker etwas damit zu tun? Konnte er ihr Spiel derart verwandeln, dass es so leicht dahin ging und sogar der Klang sich an das Musikstück, die Epoche der Komposition anpasste? Jetzt wollte es Adelheid wissen.

Sie stand auf, holte einen Küchensessel und stellte ihn vor das Pianino. Dann schlug sie aus den Stücken von Bach das B-Dur Capriccio auf, an welchem sie schon länger einige Arbeit hatte. Schon während der ersten Takte merkte sie, dass hier noch viel daran zu tun war. Sie unterbrach ihr Spiel, tauschte den Küchensessel wieder gegen den geheimnisvollen Hocker, setzte sich und legte die Finger auf die Tasten. Kaum aber berührte sie das Instrument, wechselten die Tasten die Farbe. Die schwarzen wurden weiß – die weißen schwarz.

»Ha«, rief sie aus, »was ist jetzt das?«, und sprang auf. Sie schüttelte sich, ging ein paar Runden durch das Zimmer und setzte sich unsicher aber neugierig abermals vor das Instrument. Vorsichtig berührte sie die Tastatur und wieder veränderte sich das Schwarz-Weiß-Bild. Na gut, dann eben so, dachte Adelheid und begann zunächst wachsam und misstrauisch, dann immer zuversichtlicher zu spielen. Das Pianino erklang zart und weich wie ein Cembalo.

Aha, dachte sie, also ist es wahr. Dieser Hocker ist ein Wunder. Sicher würde sie ab heute viel öfter spielen als bisher, denn auf diese Weise wurde ja jedes Stück zum musikalischen Abenteuer. In den folgenden Tagen nahm sie sich jede nur erdenkliche Zeit, um ihr Klavierspiel auf diesem Hocker zu erforschen. Mit der gewohnten klassischen Literatur, aber auch das eine oder andere Mal mit einem populären Stück aus dem Pop-Genre. Denn sie wollte alle Möglichkeiten des Hockers ausloten. So klang ihr Pianino mal wie ein Klavier oder ein Cembalo, aber sie hatte ihm auch schon Synthesizer- und Harmonium-Klänge entlockt. Mit der Zeit ergriff sie eine Art Besessenheit, nichts und niemand konnte sie davon abhalten, diesen Klavierhocker zu besetzen und zu spielen. Adelheids Spiel wurde immer virtuoser und leichter. Und anfangs noch kaum bemerkbar, vernachlässigte sie mit der Zeit Arbeit, Haushalt, Verwandte und Freunde.

Ein halbes Jahr später hatte sie Besuch von ihrer vierzehnjährigen Nichte Emma, die am Klavier als ausgesprochenes Talent galt. Das Mädchen wunderte sich über Zeitungen und Müllsäcke, die schon im Flur überall auf dem Boden lagen. Sie staunte über die unaufgeräumte Küche und schließlich über das Wohnzimmer, das aussah, als ob drei Monate lang niemand aufgeräumt und gewischt hätte.

War das ihre penible Tante, die früher Jagd nach jedem Stäubchen, jeder Spinnwebe gemacht hatte? Was war passiert?

»Hallo Tante Adelheid, was ist denn hier los?«

»Wie schön, dass du mich besuchen kommst«, sagte die Tante und überfiel Emma gleich mit den Worten: »Kommst du, um mit mir zu spielen?«, und zog die Nichte am Ärmel zum Klavier.

»Ja sicher, gern«, wunderte sich Emma, denn bisher hatte sich die Tante immer geziert, wenn sie zusammen spielen sollten.

»Ich spiele gerade ein Stück, das dir sicher gefallen wird«, zog Emma ein Notenheft aus ihrer Tasche.

»Jaaa, zeig her«, rief die Tante voller Ungeduld, aber mit einem kurzen Blick auf den Titel streckte sie der Nichte das Heft wieder entschlossen entgegen.

»Hast du nichts Anspruchsvolleres?«

»Ja schon …«, sagte Emma und suchte in ihrer Tasche zögernd nach einem schwierigeren Stück. Tante Adelheid schien das wohl viel zu lange zu dauern, mit einem raschen Handgriff entriss sie Emma die Tasche und suchte nach einem Stück, das sie befriedigen würde. Und im nächsten Moment schwenkte sie schon triumphierend ein vierhändiges Stück vor Emmas Nase, das die Nichte gerade erst begonnen hatte zu studieren.

»Aber Tante, das ist wirklich schwierig. Willst du das tatsächlich spielen?«

»Ja sicher Emma, komm schon, endlich wieder etwas Neues!«, frohlockte Tante Adelheid, stellte den alten Hocker für Emma vor das Pianino und setzte sich auf die bunte Klavierbank.

»Na komm endlich, los, los …« Die Tante klopfte ungeduldig, einladend auf den Hocker neben sich und Emma setzte sich zögernd vor das Klavier und wunderte sich über die seltsame Veränderung der Tante. Ja gut, wenn sie unbedingt will, dachte sie und legte, wie ihre Tante, die Hände auf die Tasten und das Spiel begann.

Fünf Takte weiter dachte Emma: ›Das ist doch wirklich unglaublich‹ und ›Wie hat die Tante das bloß geschafft? Die spielt ja wie Horowitz?!!!‹

Emma nahm entgeistert die Finger von den Tasten. Aber die Tante spielte wie eine Besessene weiter und weiter und weiter und schien bald Emmas Part zu übernehmen.

»Tante?« Aber Adelheid hörte nicht.

»Tante!« Aber die Tante ging vollständig in ihrem Spiel auf. Hätte Emma die Wand angesprochen, wäre als Reaktion wenigstens ein Atemhauch zurückgekommen.

»Hey, Tante Adelheid … Taaantchen …!?!?« Adelheid aber schien nur die Musik zu hören, abwesend, merkwürdig, entrückt, völlig überdreht, verrückt, dachte Emma.

Dann nahm sie ihre Tasche und ergriff die Flucht. Diese verwandelte Tante war ihr unheimlich.

Die Räuber

»Es gibt nichts Stilleres als eine geladene Kanone.«
Heinrich Heine

E s war etwa achtzehn Uhr und schon dunkel draußen, als das Telefon klingelte. Als sie den Hörer abnahm, ahnte sie schon, dass es ihr Mann war. Und dass er wieder einmal später kommen würde.

»Ja bitte?« meldete sie sich.

»Ah ja. Ich dachte mir schon, dass du es bist. Aha – und wann kommst du dann? Gut, dann schau ich noch mal bei Mama vorbei. Vielleicht braucht sie ja noch etwas. ... Ja, nicht lang, um zwanzig Uhr bin ich sicher wieder da. – Ja gut – dann – Tschüss!«

Sie legte auf und überlegte kurz. Richtig, die neue *Frau im Spiegel* wollte ihre Mutter haben. Sie ging ins Wohnzimmer, nahm die Zeitschrift vom Tisch und steckte sie in ihre schwarze für-alle-Tage-Tasche. Dann schlüpfte sie in den Mantel, nahm den Schlüssel vom Haken und verließ die Wohnung. Die lag im zweiten Stock, aber es war ein altes Haus mit Mezzanin, deshalb musste sie drei Stockwerke laufen. Abgesehen von der Schlepperei mit den Einkäufen lebte sie aber gern hier, obwohl es keinen Lift gab. Bis zu den Haltestellen von Bus und U-Bahn war es nur ein Katzensprung und zur Mariahilfer Straße lediglich ein paar Minuten zu Fuß.

Hinter dem Häuserblock führten ein paar Stufen in den Esterházypark. Tagsüber war es ganz nett dort. Man konnte sich auf eine Bank in die Sonne setzen, das üppige Grün genießen und entspannen. Abends nutzte sie den Park manchmal, um den Weg zu ihrer Mutter abzukürzen, denn am frühen Abend gingen auch viele andere Leute durch den Park. Nach der Rushhour allerdings mied sie diese Abkürzung, denn die Grünfläche war nachts ein Treffpunkt für Süchtige und Gestrandete aller Arten.

Jetzt aber war es gerade neunzehn Uhr vorbei, deshalb bog sie nach der Haustür rechts um die Ecke und steuerte die Stiegen zum Park an.

Schon von weitem sah sie neben dem Stiegenaufgang einen weißen Lieferwagen. Er stand schräg, mit einem Rad auf dem Gehsteig und sie dachte zuerst an einen kleinen Unfall. Dann erst tauchten zwei hektisch gestikulierende Männer auf. Zu aufgeregt irgendwie wegen eines kleinen Blechschadens. Sie verlangsamte ihre Schritte. Hatten sie den davor geparkten Wagen beschädigt? Was würden sie tun? Und bevor sie eine Antwort auf diese Frage finden konnte, stiegen die Männer ein und fuhren weg.

Als sie die Stelle vor den Stufen erreicht hatte, warf sie einen Blick auf den geparkten Wagen, aber sie konnte keinen Schaden feststellen. Na gut, dachte sie, ist ja nichts passiert, und setzte ihren Weg durch den Park fort.

Auf dem Rückweg, es war nun doch später geworden, weil sie für ihre Mutter noch ein paar Besorgungen gemacht hatte, nahm sie die Gumpendorfer Straße, außen am Park vorbei. Etwa hundert Meter vom heimatlichen Häuserblock entfernt sah sie abermals den weißen Lieferwagen. Und kurz darauf auch die beiden Männer, die hektisch und irgendwie aufgeregt prall gefüllte, blaue Säcke aus dem Nachbarhaus trugen und sie in den offenen Lieferwagen warfen.

Irgendetwas an der Art wie sich die beiden bewegten, wie sie Gesten und kurze Worte, wie Schüsse, austauschten, warnte sie. Etwas Verbotenes lag in der Luft. Deshalb wechselte sie auf die linke Straßenseite. Versuchte so zu tun, als ob sie nichts bemerkt hätte. Entließ diese Männer aber nicht aus ihren Augenwinkeln. Möglichst aufrecht und zielstrebig, wollte sie an ihnen vorbei gehen. Denn sie musste vorbei, wenn sie nicht einen sehr großen Umweg machen wollte. Dort vorne, dreißig Meter hinter dem Lieferwagen, war die Ampelkreuzung. Zur Haustür würde sie ein kleines Stück zurückgehen müssen. Aber das schien ihr sicherer, als die Straße kurz nach dem Nachbarhaus zu überqueren, wo die Männer mit ihrem verdächtigen Säckeverladen beschäftigt waren.

Sie fühlte eine merkwürdige Weichheit in den Knien, die es ihr schwer machte, unbeirrt auf ihr Ziel zuzugehen. Denn langsam nahm ein Verdacht in ihr Form an. Sie konnte nicht sagen, was es war, aber irgendetwas an diesen Männern mit dem Lieferwagen stimmte nicht.

So hatte sie die Höhe des weißen Kastenwagens fast erreicht. Ihre Ohren registrierten jeden Laut, der aus der Richtung des Lieferwagens kam. Den Kopf leicht geneigt, das Geschehen aus den Augenwinkeln weiter beobachtend, ging sie weiter. Was, wenn diese Männer sie als Gefährdung ihres Vorhabens einschätzten? Waren sie bewaffnet? Und dann? Was konnte sie tun? Niemand sonst war auf der Straße. Wahrscheinlich saßen alle bereits vor dem Hauptabendprogramm, dachte sie.

Zehn Schritte später seufzte sie verhalten auf. Nein, die Männer waren beschäftigt. Trugen hastig die Müllsäcke aus dem Haus und warfen sie in den Lieferwagen. Sie hatten es eilig, dachte sie. Viel zu eilig, um nur Müll wegzubringen. Ihre Beine wollten die letzten Meter bis zur Kreuzung laufen, aber das wäre zweifellos aufgefallen. Auf keinen Fall wollte sie die Aufmerksamkeit der beiden Männer erregen. Also ging sie weiter, möglichst unauffällig, möglichst lautlos, möglichst unsichtbar. Zu dumm, dass Augenwinkel keine Fortsetzung am Hinterkopf finden, dachte sie. Ihre Ohren mussten leisten, was ihrem Blickfeld verwehrt blieb.

Sie überquerte die Straße, dann waren es nur mehr ein paar Schritte bis zur Haustür. Mit verhaltenen Blicken auf die Männer griff sie nach dem Schlüsselbund in ihrer Jacke. Befühlte die Schlüssel der Reihe nach. Welcher war der Haustürschlüssel? Noch zehn Schritte. Den Richtigen ertasten, lautlos aus der Tasche ziehen, einen kurzen, scharfen Blick darauf werfen und ins Schloss gleiten lassen. Jetzt! Drehung zur Haustür. Mit leicht geneigtem Kopf, fast geduckt, wagte sie einen kurzen Blick zu den Männern. Dann zwang sie sich, dieses Bild loszulassen, um den richtigen Schlüssel ins Schloss zu stecken. War es der Richtige? Eine halbe Drehung – die Tür gab nach. Geschafft, dachte sie und schlüpfte mit weichen Knien und klopfendem Puls hinein. Jetzt den Schlüssel abziehen, die schwere Eisentür schließen, sanft ins Schloss drücken, nicht fallen lassen. Dann atmete sie auf und lehnte sich mit geschlossenen Augen an die Wand.

Als sie die Augen wieder aufschlug, rückte im Schatten der Doppeltür eine dunkle Gestalt in ihr Blickfeld. Bewaffnet. Ihr Herzschlag setzte aus. Ein Schrei blieb lautlos an ihrem geöffneten Mund hängen. Sie hob den Blick und sah das Gesicht. Den warnenden Finger vor dem bärtigen Mund. Sieht dann irgendwelche Sterne auf den Schultern. Sterne? Gott sei Dank, dachte sie, Polizei.

Dann suchte sie nach Worten für das eben Erlebte da draußen. Würde der Polizist ihr glauben? Was machte er überhaupt hier? Mit einer Handbewegung durchschnitt er ihre Gedanken. Erklärungen waren nicht gefragt. In ihre Wohnung sollte sie gehen. So rasch als möglich.

Im nächsten Stockwerk begegnete sie einem weiteren Kollegen in Uniform, mit Schutzweste und Waffe im Anschlag. Er trieb sie zur Eile an. Rasch in die Wohnung und weg von den Fenstern zum Hof, war die Anweisung. Kaum hatte sie die Wohnungstür hinter sich geschlossen, fiel ein Schuss. Endlich gab sie der Schwäche in den Knien nach und sank auf den Boden. Tief und bewusst atmete sie aus. Dann hörte sie Rufe, Schreie, noch einen Schuss aus der Richtung des Lichthofes. Dann kehrte Stille ein.

Eine Stunde später, sie hatte sich gerade eine Tasse Tee zur Entspannung eingeschenkt, kam ihr Mann nach Hause.

»Hey, ist doch später geworden, als ich dachte«, begrüßte er sie.

»Sei froh, da hast du etwas verpasst.«

»Wieso?«

»Die Polizei war im Haus und es ist geschossen worden.«

»Was, wieso, warum …?«

»Ich weiß auch nicht, in den Nachrichten kam noch nichts darüber. Aber es war ziemlich gruselig.« Und dann erzählte sie ihm, was sie vor dem Haus erlebt hatte.

Am nächsten Morgen holte der Mann wie gewohnt die Tageszeitung vor dem Frühstück.

»Schau mal, es war schon ganz gut, dass du vorsichtig warst«, sagte er und legte die Zeitung auf den Tisch.

Dort prangte in großen Lettern ›Pelzräuber gefasst‹ und ›Täter widersetzten sich in wildem Schusswechsel der Festnahme.‹

Tabula rasa

»Zu glauben ist schwer. Nichts zu glauben unmöglich.«
Victor Hugo

Der Bauer ging über das weite, ausgebrannte Land. Die Wiesen waren verdorrt, die Wälder vertrocknet oder verbrannt. Er war einen weiten Weg gegangen, ehe er wieder heim gefunden hatte. Bilder von leergefischten Gewässern hatte er gesehen, Stein- und Sandwüsten, Müllberge, Brackwasser und Dreck und Kadaver verhungerter Tiere hatten sich in sein Gehirn gebrannt. Überall Bilder, die sich glichen. Auf der Suche nach einer einzigen, fruchtbaren Insel war er weit und lange gereist. Hitze, Sturm und beißender Gestank nach Unrat und Aas hatten ihm zugesetzt.

Und dennoch trat er mit einem leise flüsternden Rest von Hoffnung den Heimweg an. Schon von weitem sah er das Haus auf dem Hügel. Sein Haus. Entschlossen schritt er aus. Der Wind trieb Plastikfetzen vor sich her. Ein großes, labbriges Stück blieb vor seinem Gesicht hängen, das er angewidert mit einer energischen Handbewegung wegzog und dem Sog des Windes überließ.

»Das Haus steht also noch«, stellte er fest, als er endlich davor stand. Er öffnete die Tür und im gleichen Moment schlug ihm ein Windstoß die Klinke aus der Hand. Zögernd trat der Bauer ein. Staub und Spinnweben hatten sich der Wohnstatt bemächtigt. Er ging durch den Flur und betrat den Wohnraum. Dann ließ er den Blick schweifen. Verweilte kurz beim Esstisch, der Bilder von duftenden Schüsseln, Lachen und vertrauten Gesichtern wachrief. Bilder aus längst vergangenen Zeiten. Er seufzte auf und ließ seine Hand über die Kommode neben der Tür streichen, die wie alles andere mit einer dicken Staubschicht bedeckt war.

Durch die zerborstenen Fensterscheiben fegte ein Luftzug und mit einem ächzenden Knall fiel die Haustür ins Schloss und löschte mit einem Schlag die Erinnerungen in seinem Kopf. Entschieden wandte er sich um und kehrte in den Flur zurück. Vor dem Spiegel, in dunkles Holz gerahmt, halb blind, machte er Halt.

»Dann lass uns das Werk beenden«, sagte er forsch und verließ das Haus. Den Blick zu Boden gerichtet schritt er in stetem Hin und Her das Grundstück ab, bis er in etwa hundert Metern Entfernung fündig wurde. Zwischen den vom Wind frei gelegten Steinen eine kleine Kuhle, gefüllt mit ein wenig Erde. Er bückte sich und grub mit dem Finger ein kleines Loch. Dann griff er in seine Jackentasche und zog ein schmales Papiertütchen hervor. Sorgsam faltete er das offene Ende auseinander und ließ den Inhalt in das vorbereitete Loch fallen. Ein einzelnes Samenkorn. Sorgfältig schob er mit den Fingerspitzen etwas Erde darüber. Dann holte er aus der anderen Tasche eine Flasche heraus, die ein paar Tropfen letzten sauberen Wassers enthielt. Damit benetzte er die Saat.

Kaum hatte das Wasser die Erde berührt, breitete sich die Feuchtigkeit als dunkler Fleck aus und ein feiner Trieb reckte sich dem Licht entgegen. Rasch teilte sich der Spross und bildete zarte, fächerartige Rispen. Beinahe hätte ein heftiger Windstoß dem Schössling den Garaus gemacht. Aber der Bauer sprang behend vor die junge Pflanze und hielt seine Hände schützend über die Blätter, bis sie darüber hinausgewachsen und groß genug waren, um dem Sturmwind zu trotzen.

Eine Weile blieb der Bauer stehen bis die grünen Wedel ihn überragten und am Boden endlich der rundköpfige Ansatz der Karottenwurzel zu sehen war. Dann nickte er zufrieden und ging zurück zum Haus. Dort durchquerte er abermals den Flur, erreichte wieder das Wohnzimmer und setzte sich auf einen Stuhl. Im leeren Rahmen des Fensters beobachtete er das Wachsen des Karottenkrautes und wartete, bis das Haus in dessen Schatten lag. Er lauschte. Ein leises Knistern war immer deutlicher zu hören, das stetig und unaufhaltsam zu einem kratzenden Knirschen anwuchs.

Der Bauer stand auf, ging zum Fenster und sah, wie die Wurzel sternförmig den Boden sprengte und immer noch weiterwuchs.

»Dann ist es jetzt Zeit«, sagte er und ging in den Flur. Vor dem Spiegel blieb er stehen. Ein altes, gegerbtes Gesicht blickte ihm entgegen. Hart und trocken wie die steinige Landschaft vor dem Haus.

Während die Karotte weiter wuchs und wuchs und sich immer tiefer in den harten Boden bohrte und tiefe Gräben und Schluchten aufriss, hob der Bauer die Hand und fuhr über sein fleckiges Spiegelbild.

»Das war wohl nichts«, sagte er und wischte über das Abbild seines linken Armes, seiner Brust, glitt weiter über das Bild des Halses, des Kopfes, der verbliebenen Hand, bis alles bis auf seine Augen verschwunden war.

Die Karotte draußen wuchs und wuchs und sprengte bereits das Haus, als der Bauer, mit einer letzten Handbewegung die Augen seines Spiegelbildes löschte und sich im selben Moment auch selbst auflöste.

Schüsse im Kanal

»Wer nichts weiß, muss alles glauben.«
Marie von Ebner-Eschenbach

Ewald Kramer saß in seinem Zimmer und rahmte Dias. Er reinigte die Gläser mit einem feinen Microfasertuch und hielt sie dann gegen das Licht, um auch noch das winzigste Staubfusselchen ausfindig zu machen. Er fand es grässlich, wenn Schmutzpartikel am Glas, auf der Leinwand zu schwarzen Monsterschlangen und Käfern mutierten und sich zum bildwichtigsten Teil aufspielten. Niemand würde sich dann mehr an seine großartigen Bilder erinnern, sondern nur daran, dass die Diagläser schlecht gereinigt waren. Nein, das konnte er nicht zulassen. Der Staub war dabei sein größter Feind.

Wie immer hatte er vor Beginn dieser Arbeit den Tisch und die Regale daneben gereinigt. Den Boden mit Spezialmopp gewischt und dann etwas gewartet, bis sich der dabei aufgewirbelte Staub gelegt hatte, um dann nochmals mit einem großen Antistatik-Tuch die flüchtigen Feinde in der Nähe des Arbeitstisches aufzuwischen. Langsam und bedächtig handhabe er das Tuch wie einen Magnet, der jedes Stäubchen magisch anzog.

Dann zog er einen Arbeitsmantel aus glattem Baumwollstoff an. Er träumte davon, sich für das Einrahmen der Dias einen kleinen

Überdruckraum anzuschaffen, in welchem der Staub keine Chance mehr hätte, sich zwischen den Diagläsern niederzulassen. Aber eine einfache Einnahmen-Ausgabenrechnung zerschlug diesen Plan regelmäßig.

Sorgfältig legte er nun die beiden Dias auf das staubfreie, makellose Glas, richtete es mit den Noppenleisten genau aus und drückte die zweite Hälfte des Glasrähmchens darauf. Noch einmal suchte er mit der Lupe nach den vielleicht im letzten Moment eingeschmuggelten Störenfrieden. Dann legte er das fertig gerahmte Doppelbild zufrieden zu den anderen in das Magazin.

Nächsten Freitag würde er seine Fotofreunde im Club treffen und dann würde er voller Stolz seine neueste Ausbeute auf der Leinwand zeigen können: Blüten in der Stadt.

Ewald Kramer war sehr zufrieden mit sich. Der heikelste Teil seines Hobbys war getan. Er stand auf, streckte seine Glieder, die vom langen Sitzen ganz steif geworden waren und knipste die Tischlampe aus. Microfasertuch, Schere und Antistatikstab legte er in die dafür vorgesehene Lade und die übrig gebliebenen Filmreste warf er in den Papierkorb. Dann ging er in den Flur, wo alle anderen Bild-Schätze, penibel geordnet nach Themen, in einer Schrankwand archiviert waren. Landschaften, Architektur, Insekten, Vögel, Stillleben, Menschen, ja sogar Aktbilder hatte er in seiner Sammlung. Dort hatte er auch sein Betrachtungsgerät verwahrt. Ein teures Teil aus Aluminium und hochbrechendem Qualitätsglas. Er hatte lange dafür sparen müssen. Nun wollte er sich die fertig gerahmten Stereobilder noch einmal ansehen. Wie er das immer tat, wenn das Einrahmen erledigt war.

Die Küchentür am anderen Ende des Ganges war leicht angelehnt und er hörte Stimmen, die sich unterhielten. Eine gehörte zu seiner Mutter, die andere kannte er nicht. Er mochte keinen Besuch. Deshalb öffnete er leise und eilig den Schrank und griff nach dem Karton mit dem Diabetrachter. Dann bewegte er sich vorsichtig, auf Zehenspitzen zu seiner Zimmertür und legte die Hand auf die Klinke.

»Waldo?«, unterbrach die Mutterstimme seine Bewegung. Er hasste diesen Namen. Er kam sich immer vor wie ein Dackel, der zur Futterschüssel gerufen wurde. Sie wusste doch, dass er es nicht ausstehen konnte, wenn sie ihn so nannte. Aber sie vergaß es immer wieder von neuem. Gerade wollte Kramer lautlos in sein Zimmer schlüpfen, als das Licht anging und gleich darauf seine Mutter vor der geöffneten Küchentür stand.

»Waldo, geh komm doch herein, wir haben Besuch.« Kramer wedelte mit den Armen, um zu bedeuten, dass er keine Zeit hätte.

»Stell dir vor, die Grete ist da. Meine Schulfreundin. So viele Jahre haben wir nichts voneinander gehört. Sie freut sich so, dich zu sehen.« Und obwohl Kramer es hasste, auf diese Weise vorgezeigt zu werden, zog er folgsam den Arbeitsmantel aus, legte ihn mit dem Diabetrachter auf den Tisch in seinem Zimmer und folgte seiner Mutter in die Küche. Was blieb ihm auch anderes übrig? Er kannte seine Mutter, sie würde nicht lockerlassen.

Beide betraten die Küche, wo Grete erwartungsvoll aufgestanden war.

»Fast zwanzig Jahre war sie in Australien gewesen«, sagte Ewalds Mutter. »Schau Grete, das ist jetzt der Ewald.« Stolz musterte sie ihren Sohn, als müsste sie das Maß der ihm gebührenden Beachtung vorgeben.

»Na, was sagst du?«, wandte sie sich ungeduldig an die Schulfreundin.

»Ja, ein richtiger junger Mann ist er geworden. Grüß Gott Ewald.«

»Tag!«, antwortete der knapp und reichte Grete die Hand, wie Mutter es ihm von klein auf beigebracht hatte. Er fühlte sich unwohl. Tausend Fragen würde er beantworten müssen und mit Bedacht die Worte wählen. Aber wenn er darauf achtete langsam zu sprechen, merkte niemand etwas.

»Setzt euch doch. Ich mache schnell Kaffee. Und Kuchen habe ich auch noch da.«

Grete setzte sich auf die Eckbank und betrachtete erwartungsvoll lächelnd den Sohn der Freundin.

»Jaaa, das letzte Mal als ich bei euch war, warst du gerade vier Jahre alt, Ewald. Kaum zu glauben, dass soviel Zeit vergangen ist, nicht wahr? Was machst du denn so?«

Ewald saß wie ein kurzer Besucher mit geradem Oberkörper auf der Kante des Küchensessels. Jederzeit bereit wieder aufzuspringen und zu gehen.

Seine Mutter, die gerade die Kaffeemaschine füllte, drehte sich um.

»Er ist bei der Post. Logistikassistent. Erzähl doch Ewald!«

»Klingt ja sehr interessant. Was macht man denn da als Logistikassistent?«

»Briefe sortieren«, kam es knapp von Ewald.

»Na, na, da untertreibst du wohl wieder«, mischte sich die Mutter ein. Dann wandte sie sich Grete zu. »Er ist ja immer so bescheiden. Und so genau. Deshalb ist er auch sehr geschätzt bei seinem Chef.«

Dann kam sie mit einem Stapel Teller und Tassen zum Tisch und begann aufzudecken. »Er fährt jeden Tag mit dem Zug nach

Wien. Dort arbeitet er beim Postamt in der Althanstraße. Im neunten Bezirk, beim Bahnhof, weißt du?«

»Wohnst du dort in der Nähe?«, wollte Grete wissen.

»Nein, er wohnt doch hier bei mir. Das ist praktischer«, entgegnete die Mutter.

»Aber ist das nicht ziemlich weit zur Arbeit?«, wandte sich Grete an Ewald.

»Es geht.« Ewald zupfte am Tischtuch herum, die Fragerei ging ihm auf die Nerven.

Seine Mutter holte indessen den Kuchenteller aus dem Brotkästchen, dann die volle Kaffeekanne und krönte damit den gedeckten Tisch.

»Ja ich dachte zuerst auch, dass das ziemlich umständlich ist. Aber mit dem Zug fährt der Waldo gerade mal eine Stunde. Und seine Dienststelle ist ja gleich beim Bahnhof. Mit dem Auto könnte man gar nicht so schnell hinkommen, bei dem Verkehr heutzutage. Und hier in Fels hätte er sowieso keine Arbeit gefunden. Die meisten hier im Ort müssen pendeln.«

Die Mutter nahm die Kanne auf und der Kaffee floss stark und schwarz in die drei Tassen. Dann verteilte sie den Kuchen. Ewald rückte unruhig auf seinem Stuhl hin und her. Wie gern wäre er jetzt doch lieber in seinem Zimmer.

»Ja früher war das Leben einfacher«, fuhr die Mutter fort. »Es wäre mir auch lieber gewesen, wenn Ewald hier in der Nähe Arbeit gefunden hätte. Weil ja auch so viel passiert in der Stadt. Jeden Tag liest und hört man von Überfällen, Mord und Todschlag. Erst heute Morgen waren wieder solche Artikel in der *Spiegelbild*. Da wird eine alte Frau wegen zwanzig Euro niedergeschlagen. Betrunkene Halbwüchsige verprügeln harmlose Passanten. Und sogar Supermärkte sind vor Überfällen nicht mehr sicher. Man kann ja froh sein, wenn man abends noch gesund nach Hause kommt. Magst noch ein Stück Ewald?«

Ewald spreizte die Finger und schüttelte den Kopf. »Danke Mama, genug.«

Er stand auf. »Gehst du schon, Ewald?«, fragte Grete.

»Muss noch etwas fertig machen.«

»Das ist aber schade. Ich hätte gern noch ein wenig mit dir geplaudert. Aber schön, dass wir uns wieder gesehen haben. Vielleicht hast du ja noch einmal kurz Zeit, bevor ich gehe?«

Ewald streckte ihr die Hand hin. »Vielleicht … Wiedersehen!«

Er ging hinaus in den Flur und zog die Tür hinter sich zu. Er wusste genau, worüber sich die beiden Frauen unterhalten würden, wenn er nicht dabei war. Und er mochte es nicht. Alle, die ihn als Kind gekannt hatten, fragten danach. ›Hat er es wirklich geschafft?‹ Und seine Mutter wurde bedauert, wegen der großen Belastung. Ihn bedauerte niemand. Und genau genommen wollte er das auch gar nicht. Aber die geflüsterten Botschaften, die hinter seinem Rücken gewechselt wurden, machten einen ewig Behinderten aus ihm. Einen Ausgeschlossenen. Einen, der das Leben nicht meistert.

Er ging am Schuhkästchen unter der Garderobe vorbei, wo die heutige Zeitung lag. Es war Freitag. Die üblichen Schlagzeilen lockten in den Artikel der betreffenden Sparte: Straßenkrawalle in Paris – Ortstafelstreit eskaliert – Erpressung im Rotlichtmilieu – Überfall im Supermarkt.

Ja, seine Mutter hatte recht. Die Welt da draußen war unheilvoll und gefährlich.

***

Am Samstag, um zwanzig Minuten vor zwölf, war Ewald Kramer unterwegs zum Bahnhof. Ein klarer Herbsttag lag über Fels. An den Alleebäumen der Bahnhofstraße leuchteten die ersten Blätter in warmen Gelbtönen und die Sonne blitzte dann und wann durch die noch dichten Baumkronen. Es war einer jener mild gestimmten Herbsttage, die den bereits vergangenen Sommer in Erinnerung riefen. An Ewalds mittelgroßer, schlanker Gestalt hing die Fototasche und ein Stativ.

Er hatte es nicht eilig, denn der Zug fuhr erst um vierzehn Uhr zweiundfünfzig. Aber er plante immer genug Zeit ein, um nicht zu spät zu kommen. Man konnte ja nie wissen, was passiert. Auf keinen Fall wollte er heute zu spät kommen, denn er war unterwegs zu einem ganz besonderen Fotoworkshop. Dieses Mal im Wiener Kanalsystem.

Er war etwas aufgeregt, denn das war ein vollkommen neues Thema für ihn. Natürlich hatte er eine Vorstellung davon, wie die Unterwelt einer Großstadt aussah, aber es war schließlich ein Unterschied, ob man solche Szenerien im Film gesehen hatte, oder sie in aller Wirklichkeit selbst erleben und sogar fotografieren konnte. Und dann war da auch noch die Frage, wie die Beleuchtung dort unten war. Hatte er die richtigen Filme dafür eingesteckt? Ja, er hatte an alles gedacht, hochempfindliche und Kunstlichtfilme, Farbtemperaturmesser und seine Sammlung an Konversionsfiltern. Den Blitz hatte er zuhause gelassen. Das harte Licht würde in den Katakomben nur die Atmosphäre stören. Hoffentlich ist das vorhandene Licht für die Aufnahmen ausreichend, dachte er. Ob dort genügend Platz war, um einen passenden Ausschnitt zu wählen? Auf jeden Fall hatte er wie in der Ausschreibung des Workshops empfohlen, zwei leichte und zwei starke Weitwinkel eingepackt. Kein Fisheye, das wäre übertrieben gewesen, fand er. Aber zwei lichtstarke Objektive und nicht zu vergessen seine Kameras.

Mit der Bahn fuhr er nun, wie zu seinem Arbeitsplatz, bis zum Franz-Josefs-Bahnhof und ging dann zwei Kreuzungen weiter Richtung Friedensbrücke zur U-Bahn. Von dort waren es nur mehr einige Stationen bis Karlsplatz, wo um siebzehn Uhr der Treffpunkt der Veranstaltung war. Leider war diesmal keiner seiner Freunde vom Fotoclub dabei. Außer dem Kursleiter kannte er niemanden. Aber das Wichtigste war ja auch die neue Motivauswahl. Ganz außergewöhnliche Aufnahmen würde er diesmal nach Hause bringen, dessen war er sich sicher.

Mit diesen Gedanken beschäftigt stieg Ewald in die fast menschenleere Zuggarnitur der U4 und setzte sich auf einen freien Platz in Fahrtrichtung. Schräg gegenüber saß noch ein junger Mann der telefonierte.

Ewald griff in die Tasche, um das Stück Papier hervorzuholen, auf dem er den genauen Treffpunkt notiert hatte. Dabei rutschte ihm das zwei Eurostück zwischen die Finger, das ihm seine Mutter noch im letzten Moment in die Hand gedrückt hatte. ›Sei so gut, bring mir die heutige *Spiegelbild* mit‹, hatte sie gesagt. Und etwas wie ›Man müsse ja wissen, was in der Welt da draußen vorgehe.‹

Er würde das auf dem Rückweg erledigen, wenn es an allen Straßenecken druckfrische Zeitungen gab, dachte er. Ewald steckte den Zettel mit der Wegbeschreibung wieder in die Tasche, stellte das Stativ zwischen die Knie und die Fototasche auf den Schoß. Vorsichtshalber legte er den Tragriemen der Tasche um den Stativkopf und schlang ihn um sein Handgelenk. Man konnte ja nie wissen. Dann hatte er bis Karlsplatz nichts mehr zu tun. Er betrachtete abwechselnd die vorbeifliegenden Fensteröffnungen auf der Seite des Donaukanals und die schwarzen Spiegelbilder der U-Bahnröhre.

»Das größte Vorbild ist mein Onkel …«, platzte der Satz des Telefonierers in sein Bewusstsein. Der junge Mann gegenüber sprach immer lauter, es war gar nicht zu vermeiden mitzuhören. »Ja, weißt ehhh, der hat schon immer gewusst, wie man lebt …« Der Sprecher bediente sich einer meistens hochdeutschen Sprache, sparsam durchsetzt mit kleinen mundartlichen Wendungen. Kramer betrachtete ihn verstohlen aus den Augenwinkeln. Er sah einen jungen Mann um die fünfundzwanzig, in oversized Jeans und schwarzer Lederjacke. Am Gürtel hing eine massive Silberkette, dessen anderes Ende in der Hosentasche verschwand und wer weiß was verbarg. Unter der schwarzen Lederjacke ließ sich ein rot-weiß kariertes Holzfällerhemd blicken, bis obenhin zugeknöpft. Über dem Hemd lag eine grobgliedrige Silberkette. Das Antlitz war blass und Nase und Kinn ragten dadurch noch deutlicher aus dem Gesicht, als das schon rein anatomisch der Fall war. Am Kopf trug er ein schwarzes Ninjatuch, am Hinterkopf geknotet und darüber eine sehr korrekt aufgesetzte Schirmmütze in blauem Jeanslook. Das kleine Telefon hielt er mit drei Fingern, wobei der Zeigefinger betont durchgestreckt an der Rückseite des Gerätes lag. Und der zugehörige Ellbogen war platzgreifend vom Körper abgespreizt.

»Meine Mutter sagt ja immer, halte dich nicht so viel beim Onkel auf. Sieh dich um eine gute Arbeit um. Etwas Sicheres … Na ja …«

Kramer versuchte, sich auf die schwarzen Spiegelbilder zu konzentrieren und schlang seine Arme fester um die Tasche.

»Weißt ehhh, ich beruhige sie dann immer und sage ihr dann,

dass ich ja nur die Bierkisten bei ihm trage. Aber weißt ehhh …« Kramer wäre gern aufgestanden, um sich auf einen anderen Platz zu setzen. Aber das wäre den wenigen anderen Fahrgästen nicht entgangen. Und er mochte nicht gerne auffallen, wenn es sich vermeiden ließ. Dieser Mensch störte ihn in seinen Gedanken, machte ihn unruhig. Hoffentlich steigt er bald aus, dachte Kramer in Serie.

»Scheißjob, bei dem du jeden Letzten keine Marie mehr hast, weil du das meiste dem Scheißstaat zahlst und dir für ein halbwegs vernünftiges Leben nichts mehr übrig bleibt. Nein wirklich, auf so ein Leben kann ich dankend verzichten …« Kramer spürte, wie sich sein Rücken versteifte und rückte auf seinem Sitz ein kleines Stück nach vorn und wieder zurück. Aber es brachte ihm keine Erleichterung.

»… sorge beizeiten dafür, dass ich mich in der Pension nicht bettelnd an eine Ecke stellen muss … verdiene jetzt schon im Monat mehr, als die meisten Leute als Jahresgehalt nach Hause bringen. Wie? … nein, weißt ehhh, man muss halt einen ruhigen Kopf behalten«, hörte Kramer wieder.

Und dann: »… kannst dich an den Typen erinnern, der ein ganzes Puff in die Luft gesprengt hat? Mein Onkel hat den noch gekannt …« Kramer holte reflexartig Luft.

»Ja, das war ein cooler Typ, der hat sich auch nicht um den Staat geschert …«, ging es weiter.

»… leider ist er vor einiger Zeit von einem Kumpel erschossen worden …«

Kramer betrachtete konzentriert den Griff seiner Tasche und versuchte nachzuzählen, wie viele Stationen er noch hier sitzen würde bis Karlsplatz. Er bemerkte nicht wie der Redner aufstand und zur Tür ging. Und als er endlich aufsah, war der Platz des Telefonierers leer. Ja, die Welt war ein Sumpf und er saß mittendrin.

Draußen am Bahnsteig bewegte sich der Passagier des nun leeren Platzes auf die Treppe zu, die ans Tageslicht führte. Den Oberkörper leicht nach rückwärts gelehnt, den Kopf wie zum Ausgleich in Richtung seines Ziels nach vorne geschoben, die Knie eindeutig einwärts gedreht, ging er zum Ausgang. Jeder Schritt verursachte eine kleine Drehung des Körpers, die er mit angewinkelten Armen in weit ausholender Gegenbewegung ausglich.

Kramer sah nichts davon. Er umklammerte Stativ und Tasche, löste sich schließlich von seinem Sitzplatz und stellte sich vor die Tür, um an der nächsten Station auszusteigen. Er drehte sich kurz um. Es saßen nur mehr zwei andere Männer im Abteil. Was hatten sie mitgehört? War da niemand, der den Vorfall kommentieren wollte? Nein, da waren nur gelangweilte Großstadtgesichter. Alle beide waren offenbar mit sich selbst beschäftigt.

Dann kam der Zug zum Stehen, die Tür ging auf und Ewald Kramer hatte es eilig hinauszukommen. Dabei rammte er einen älteren Herrn derart, dass dieser sich am Türrahmen festhalten musste. »V... ver... ver... ve...«, stammelte Ewald. Doch die Tür schloss mit einem lauten Rumms und schnitt ungehört vom Empfänger die Entschuldigung ab.

Ewald rettete sich auf die nächste Bank und ließ sich fallen. Er atmete tief durch. Einige Leute gingen vorbei und maßen ihn, mehr oder weniger unverhohlen, mit neugierigen Blicken. Niemand sprach ihn an. Er sah Züge vorbeifahren, Menschen aus- und einsteigen, hörte die Abfahrtssignale und spürte den Luftzug, wenn ein Zug ankam oder abfuhr. Er wusste nicht, was genau ihn wieder in die reale Welt zurückbrachte. Irgendwann fiel sein Blick auf die große Uhr am Bahnsteig. Sechzehn Uhr fünfzig! – Uhr fünfzig – Sechzehn – Zehn – fünfzig ... Der Workshop! Besann er sich. Dann fiel es ihm wieder ein. Um siebzehn Uhr Treffpunkt beim Girardi-denkmal. Die Fotogruppe. Das Kanalsystem.

Er hastete auf den Ausgang zu, nahm immer zwei Stufen auf einmal und begann, sobald er im Freien war, zu laufen. Kurz darauf sah er bereits die Teilnehmer der Gruppe am Eingang zur Unterwelt der Stadt stehen. Er atmete tief durch. Ein kurzer Blick auf seine Uhr verriet ihm, dass er noch fünf Minuten Zeit hatte. Gott sei Dank, er war noch nicht zu spät. Er verlangsamte seine Schritte und ent-spannte sich dabei.

Als er bei der Gruppe ankam, traf gerade der Begleiter vom Magis-trat ein. Er hieß die Gruppe willkommen und öffnete den sternför-mig angelegten Eingang zum Kanalsystem.

Schon beim Abstieg fiel der Geruch von Kanal und Abwasser auf. Modrig, süßlich, etwas beißend und auf jeden Fall zu wenig frische Luft zum Atmen. Aber das konnte keinen der Hobbyfoto-grafen aufhalten. Denn sie alle waren gekommen, um einige außer-gewöhnliche Bilder mit nach Hause zu nehmen. Auch Ewald störte der Geruch nur wenig. Er dachte nur mehr an seine Kameras, das Filmmaterial, Zeit, Blende, Tiefenwirkung und Bildausschnitt.

Nach einer kurzen Einführung des Magistratsbeamten ging es end-lich los. Als sie beim ersten Sammelbecken angekommen waren, wurden die Kameras auf mehr oder weniger stabile Stative geschraubt. Jetzt erst registrierte Kramer, dass die Gruppe aus sieben Teilnehmern und dem Kursleiter bestand. Letzterer war gerade damit beschäftigt, mit einem Handbelichtungsmesser die richtige Belichtung zu ermitteln. Dann richtete er seine Mittelformatkamera auf dem schweren Stativ aus und wies auf die 6x9 cm der Mattscheibe seines Sucherbildes. Kramer sah darauf einen torbogenartigen Durchgang. Das war die erste Einstellung.

An der linken Seite hing eine rostige Lampe, dessen schwacher Lichtschein die rechte Ziegelkante des Durchganges dekorativ beleuchtete. Den Hintergrund verbarg tiefschwarze Dunkelheit. Keine Aufnahme für ihn, er brauchte Bilder mit Tiefenwirkung. Das war etwas für ›Flachbild‹-Fotografen. Nein, Kramer würde warten, bis alle anderen ein wenig weitergezogen wären und dann sein Stativ aufstellen.

»Kann ich Ihnen helfen?«, unterbrach die Stimme des Kursleiters seine Überlegungen.

»N… Nein, danke!«

»Möchten Sie nicht die erste Einstellung machen?«

»Nein, ich warte auf die Nächste, das hat keinen Fernpunkt.«

Der Kursleiter zog die Augenbrauen hoch und meinte dann: »Fernpunkt … ja stimmt, Tiefe … natürlich. Es warten ja noch viele weitere Motive auf uns. Da wird sich schon etwas Geeignetes finden.« Dann drehte er sich halb um, bewertete mit einem Blick aus den Augenwinkeln Kramers Kameras und widmete sich wieder den anderen Teilnehmern.

»Also«, begann er, »wir haben hier ein klassisches Beispiel für Licht- und Schattenwirkung. Achten Sie darauf präzise zu belichten, dann sollte der Kontrastunterschied kein Problem sein.«

Ewald stand etwas abseits und wartete. Er überlegte, wie er diese Einstellung doch noch für sich nutzen könnte. Dann kam ihm eine Idee: Wenn man Licht in diesen dunklen Gang bringen könnte, hätte er eine sehr schöne Tiefenwirkung. Vielleicht gab es ja auch Abzweigungen vom Hauptgang, dann könnte man von dort aus den langen, dunklen Gang beleuchten. Er ging auf den Kursleiter zu, der gerade dabei war, seine Kamera samt Stativ zu schultern.

»Könnte man diesen Durchgang vielleicht beleuchten?«

»Oh, tut mir leid, da drinnen gibt es keine Beleuchtung.«

»Aha … aber man könnte vielleicht Scheinwerfer aufstellen. Haben Sie keine Scheinwerfer dabei?«

»Nein. Und das würde uns hier auch nicht weiterhelfen, weil es keine Steckdosen gibt.«

»Mit einem Generator könnte man doch …«

»Ja, könnte man …«, lachte der Kursleiter. »Das Problem ist nur, ein Generator für einen Scheinwerfer mit tausend Watt Leistung hat etwa fünfundzwanzig Kilo. Problem Nummer zwei, ich bräuchte zwei Träger und drittens …«

»Ist dieser Gang nur für Mitarbeiter des Magistrats erlaubt!«, warf der Magistratsbeamte ein, der die Gruppe begleitete.

»Ja, tut mir leid«, ergänzte erleichtert ob der unerwarteten Hilfe der Kursleiter, der nun wirklich seine Ausrüstung auf die rechte Schulter legte und der Gruppe bedeutete, dass sie ihm folgen sollten. Dann ließ er Kramer mit seinem ›Aha‹ und dem ungelösten Problem stehen.

»Gehen Sie ruhig weiter bis zum nächsten Gittertor, Sie kennen sich ja aus«, bedeutete der Magistratsbeamte dem Kursleiter und blickte sich unschlüssig nach Kramer um, der noch immer hinter seinem Stativ stand.

»K… Könnte ich noch etwas hier bleiben?«

»Ja, geht in Ordnung. Aber nicht zu lange, weil hinter uns später noch eine weitere Gruppe kommt.«

»Gut, ich komme gleich nach.«

Dann folgte der Beamte der Gruppe zum nächsten Raum.

Kramer sah sich noch einmal um und fand doch noch eine Einstellung, die ihm gefiel. Es war zwar nicht ganz das, was er sich wünschte, aber er würde schon noch zu einigen guten Aufnahmen kommen, dessen war er sich sicher. So blieb er von nun an immer etwas hinter der Gruppe zurück und hatte genügend Zeit für seine eigenen Einstellungen.

Nach etwa einer Stunde kam Ewald in ein Gewölbe, von dem er sofort wusste, dass das sein Lieblingsbild werden würde. Die anderen Teilnehmer hatten den Raum gerade verlassen und Ewald hatte genügend Platz, sein Stativ mit den Kameras so zu platzieren, dass er genau den Ausschnitt ins Bild bekam, der seinen Vorstellungen entsprach.

Im Sucher sah er im Vordergrund eine plastisch beleuchtete Ziegelmauer, in der Mitte einen Durchgang, der von einer groben, eisernen Gittertür versperrt war und dahinter den beleuchteten, unterirdisch geführten Wienfluss.

Ja, das war ein Bild mit unvergleichlicher Tiefenwirkung, wie er es sich wünschte. Er machte verschiedene Variationen, mit dem Durchgang als Bildmittelpunkt, als Schwerpunkt auf der rechten Seite und aus der Froschperspektive. Dann rückte er sein Stativ noch nah an die Gittertür und hatte so einen Blick auf das weitläufige Wienfluss-Gewölbe, das in regelmäßigen Abschnitten, seinen Wunschvorstellungen gemäß beleuchtet war. So sehr war er mit seinen Einstellungen beschäftigt, dass er darüber jegliches Zeitgefühl verlor.

***

Tapp, Tapp ... Tipp, tapp, tapp, tapp ... Immer wieder klopften Fersen und Spitzen, lässig angedeutet, den gleichen Rhythmus auf den Asphalt neben dem Eingang in die Kanalisation. Im Anschluss an die Schritte folgte eine Drehung des Körpers, um gleich darauf die Serie zu wiederholen. Während der Mann rauchte waren seine Füße in ständiger Bewegung. Es schien, als hätten sie sich verselbständigt. Er sah auf die Uhr. Noch zwei Minuten.

Der Mann war etwa einsachtzig groß, schlank und trug einen dunklen Trenchcoat. Ein Gürtel hielt die ungeknöpften Vorderteile mit einem Knoten zusammen. Der Kragen war aufgestellt und den Kopf verdeckte zur Hälfte ein großer, ebenfalls dunkler, weicher Hut, tief in die Stirn gezogen. Im Nacken verriet ein schmaler, freibleibender Streifen, dass der Mann blond war. Vom Gesicht war nur ein voller Mund und eine kräftige Nase zu sehen. Den Rest verschluckte der Schatten der Hutkrempe. Er musste etwa zwischen dreißig und vierzig Jahre alt sein.

Die steppenden Füße umwedelten dunkle Hosenbeine und steckten in schwarzen Budapestern mit Ledersohlen. Tapp, Tapp ... Tipp, Tapp, tapp, tapp ... Er sah wieder auf die Uhr. Dann knickte er die zu dreiviertel gerauchte Zigarette zwischen Daumen und Mittelfinger, warf sie auf den Boden und trat entschlossen die Glut aus, sah sich prüfend um und stieg ohne Eile, federnd den sternförmig geöffneten Eingang hinunter. Am unteren Treppenansatz angekommen, wandte er sich nach rechts. Das Geräusch der Ledersohlen hallte vielfach von den feuchten Wänden und sein Schatten wurde jeweils zur Entfernung der Lampen kleiner. Warf dabei eine dunkle Kontur auf die gegenüberliegende Mauer, überholte ihn, wurde lang und undeutlich, bis er sich der nächsten Lampe näherte und sich das Schattenspiel wiederholte.

Er ging zielsicher den Gang entlang, bog einmal links, dann wieder rechts ab, nahm einen schmalen Seitengang, der schließlich in das hohe Gewölbe des Wienflusses mündete. Dort stellte er sich in den Schatten einer Mauernische, steckte die Hände in die Manteltaschen und wartete. Über seinem Kopf sorgte eine undichte Stelle für rhythmisches Tropfen, das genau seine Schuhspitze traf. Er fluchte leise und zog den Fuß aus der Falllinie. In der Ferne rauschte der Wasserfall eines Überlaufes in das darunterlegende Auffangbecken.

Plötzlich flammte im dunklen Teil des Tunnels und in mehreren Seitengängen Licht auf. Darauf hatte er gewartet. Er tastete nach dem kühlen Metall in seiner rechten Manteltasche und spannte die Muskeln, jederzeit bereit zum Sprint.

***

Kramer, hinter dem Gitter, wollte gerade seine Tasche aufnehmen und das Stativ auf seine Schulter legen, als es hell wurde. Mehrere Seitengänge warfen einen Lichtschein in das Gewölbe des Wienflusses. In der Mitte glänzten im gelben Widerschein die leichten Wellen des gezähmten Flusses. Links und rechts waren die beleuchteten Seitengänge und dazwischen flossen aus großen Kanalrohren die Abwässer der Großstadt. Kramer war begeistert. Er musste unbedingt einen Weg dort hinaus finden.

Er schlug den gleichen Weg ein, den er gekommen war und bog bei nächster Gelegenheit wieder nach rechts ab, dort wo er den Zugang zum beleuchteten Hauptgewölbe vermutete. Nach ein paar Metern stand er wieder vor einem Gitter, das ihn vom begehrten Motiv trennte.

War in diesem Gang vorhin nicht noch eine Abzweigung gewesen? Er ging ein Stück zurück und fand einen schmalen, finsteren Tunnel. Er musste sich etwas bücken, wenn er hier durch wollte. Er nahm sein Stativ, löste die Kameras vom Kopf und schob die drei Beine ineinander um Platz zu sparen. Die Kameras verstaute er sicher in der Fototasche. Aus einem Seitenfach holte er eine kleine Taschenlampe, die er für solche man-konnte-ja-nie-wissen-Zwecke vorsorglich eingesteckt hatte. Dann ging er, die Taschenlampe in der weit ausgestreckten Rechten, langsam und gebückt den vielversprechenden Gang entlang. Nach einer Biegung wurde er mit dem Anblick des ersehnten Motivs belohnt. Rasch stellte er die Tasche an einer trockenen Stelle ab und baute das Stativ an einem Platz auf, der wunschgemäß DAS Kanalfoto liefern würde.

Zeit, Blende, Entfernung ... und noch zwei weitere Belichtungsvariationen, um sicher zu gehen. Er musste sich beeilen, um die Gruppe wieder einzuholen. Als er aber aufsah, entdeckte er einen kleinen Wasserfall, der sich direkt in den Wienfluss entleerte.

Was, wenn er dieses Bild mit dem dunklen Gang, durch den er gekommen war, einrahmen würde? Kurz entschlossen nahm er das Stativ, kürzte etwas dessen Beine und stellte es mit den Kameras darauf so weit innerhalb des Tunnels auf, dass der offene Torbogen mit dem gegenüberliegenden Wasserfall ein malerisches Bild ergab.

Die Stimmen der Fotogruppe verloren sich inzwischen mit zunehmender Entfernung. Aber Kramer war in seinem Element. Der restliche Kanal konnte ihm gestohlen bleiben. Hier waren seine Bilder. So beschloss er, hier an dieser Stelle das Optimalste herauszuholen und dann ohne weitere Umwege zum Ausgang zurückzukehren. Dort würde er dann auf die Gruppe warten.

Er nahm wieder sein Stativ und ging in den Hauptgang hinaus, um weitere lohnende Motive zu finden. Beim übernächsten Seitengang wurde er fündig. Er war wie die meisten anderen schwach beleuchtet und man konnte sogar aufrecht darin stehen. An seinem Ende gab es einen hellen Raum, wo auf der rechten Seite eine angerostete Wendeltreppe nach oben führte. Abermals stellte Kramer sein Stativ auf und konzentrierte sich auf die Einstellungen.

In weiter Ferne hörte er Stimmengewirr, durch die vielen Gänge und Gewölbe bis zur Unkenntlichkeit verzerrt.

»… los … wir gehen …«

»Licht … da rüber …«

Die Gruppe hatte wohl ebenfalls lohnende Motive entdeckt, dachte Kramer. Im Sucherbild platzierte er die feucht-glänzende Ziegelmauer als Vordergrund und im Hintergrund die dekorative Eisentreppe.

»Komm … da rüber …«

»Da ist er …«, hörte er wieder. Und dann noch »Halt, stehenbleiben …«, da war wohl einer der Teilnehmer auf einen falschen Weg abgebogen.

»… hey … hey, stehenbleiben! … Rückensicherung … Donaukanal …«

Wurden die Stimmen deutlicher? Was waren die letzten Worte? Wahrscheinlich war die Gruppe schon auf dem Rückweg. Umso besser, dachte Kramer. Wenn sie am Rückweg waren, konnte er sich unbemerkt wieder anschließen. So widmete er seine Aufmerksamkeit wieder dem Motiv mit der Wendeltreppe. Dann hörte er Schritte.

»Da ist er, beeilt euch ...« Ein Hund bellte. »Er ist nach rechts ...«

Ein Hund? Wie kommt denn ein Hund in den Kanal? Kramer sah sich um. Er ging ein Stück zurück zum Hauptgewölbe. Nein, er musste sich wohl getäuscht haben. Gerade wollte er kehrt machen, da hörte er wieder Schritte. Jemand lief auf Ledersohlen durch den Kanal.

»Harry, bist du es?«

»Es ist aus, Harry, komm heraus!«

Dieses Mal hatte Kramer jedes Wort verstanden. Was sollte das bedeuten? Wer ist Harry? Und wo sollte er herauskommen, wohin und warum zum Teufel? Nur noch diese eine Aufnahme, dachte er und dann hinaus an die Oberfläche. Er wandte sich wieder seiner Kamera zu und drückte auf den Auslöser. Ein lauter Knall. Fast hätte Kramer vor Schreck das Stativ umgeworfen. Dann stand er wie erstarrt. Begriff nicht gleich, wie er dieses Geräusch einordnen sollte. Ein Schuss. War das nicht ein Schuss? In Windeseile klappte er sein Stativ zusammen und sah sich nach dem Tunnelende um, von dem er gekommen war. Hier wird geschossen, dachte er, raus hier, so schnell als möglich raus.

»Harry, komm heraus, es gibt keinen Ausweg!«

»Was willst du?«, kam nun eine zweite Stimme aus anderer Richtung.

Es sind also zwei, dachte Kramer. Er drückte sich an die Wand und schob sich langsam, Zentimeter für Zentimeter in Richtung des großen Hauptganges. Immer darauf gefasst, sofort stehen zu bleiben. Oder wenn nötig, sofort den entgegengesetzten Weg zu nehmen. Vielleicht, wenn ihn niemand bemerkte, konnte er unentdeckt entkommen. Er musste leise sein. Das Stativ stieß an die Ziegelwand und verursachte ein leises Kratzgeräusch. Kramer krampfte zusammen. Sein ganzer Körper war wie ein riesenhaftes Ohr. Da waren auch wieder Schritte. Diesmal langsamer. Nah? Wie nah? Er horchte angestrengt, konnte es aber nicht beurteilen. Wie lange stand er schon hier, dicht an die feuchte Wand gedrängt? Zehn Minuten? Zwanzig? Seine Mutter würde sich über die schmutzige Jacke ärgern. Es roch ekelhaft. Wie sollte er das erklären? Er schüttelte den Kopf. Was ging ihn jetzt die Jacke an, er musste hier raus. Ohne Loch im Kopf, oder sonst wo.

»Martins, zurück …«

Ein dritter Mann. Es waren mehr als zwei. Kramer dachte angestrengt nach.

»… kommen Sie zurück, zurück …«

Wieder ein lauter Knall und dann noch zwei Schüsse. Kramer presste die Hände an seinen Kopf. Sein riesiges Ohr war überfordert.

»Martins? … Martins, wenn Sie ihn sehen, schießen Sie!«

Stille. Und dann ein weiterer Schuss.

Kramer, noch immer eng an die Mauer gedrängt, hörte undeutliches Stimmengewirr. War jemand getroffen worden? Verletzt? Dann sind sie vielleicht beschäftigt? Das konnte er nützen.

Langsam schob er sich wieder vorwärts und schaffte es bis zum Tunneleingang. Dort atmete er geräuschlos tief durch, wandte den Kopf und riskierte einen Blick in das Wienfluss-Gewölbe. Dann lief er los. Immer die Wand entlang bis er den niedrigen Bogen erreichte, durch den er gekommen war. Der war noch immer finster. Instinktiv griff er nach der Taschenlampe in seiner Jacke. Aber er ließ sie dort. Wie leicht könnte ihn ein Lichtschein im dunklen Tunnel verraten. Also tastete er sich voran. Und da war auch schon die Biegung und der beleuchtete Quergang. Noch einmal lauschte er. Aber alles war still. Totenstill. Also nichts wie los, dachte er und hetzte die Gänge entlang, die zum Ausgang führten. War er wirklich so tief im Kanalsystem gewesen? Hatte er sich verirrt? Nein, dort war die Treppe, die er mit der Gruppe heruntergekommen war. Er nahm drei Stufen auf einmal aufwärts, dann erreichte er atemlos die Oberfläche.

Er lief noch einige Schritte bis zur Kreuzung, dorthin wo er Menschen sah. Noch nie war er so froh über diese Gesellschaft wie jetzt. Er stützte sich auf das Stativ, beugte sich vornüber und atmete stoßweise. Er musste sich setzen. Irgendetwas, worauf er sich setzen konnte. Er sah sich schwankend um und entdeckte eine große Kabeltrommel am Straßenrand. Mit wenigen Schritten hatte er die Sitzgelegenheit erreicht und ließ sich fallen. Er atmete noch immer heftig und der Puls trieb ihm das Blut in den Kopf. Er war erschöpft. Kramer stützte seine zittrigen Arme auf das Stativ und legte den Kopf darauf.

»Geht es Ihnen nicht gut?«

»Hä?« Kramer richtete sich auf. Ein Polizist richtete seine Lampe auf sein Gesicht. Kramer versuchte dem blendenden Lichtkegel auszuweichen.

»Geht es Ihnen nicht gut?«, wiederholte der Beamte.

»D… d… d.anke! … es g.g.ge…« Nein, nicht jetzt, dachte Kramer, er musste doch erklären. Die Polizei kam jetzt genau richtig. Er atmete noch einmal tief durch. Versuch's nochmal, dachte er und ganz langsam. »Im Kkkkanal … g g ge geschossen!«

Der Polizist blickte ihn ungläubig an, dann sah er den sternförmig geöffneten Eingang zum Kanalsystem und wandte sich wieder Kramer zu.

»Geschossen? Wer hat geschossen?«

»Wwwwweiß nicht … habe … nur … Sch.schüsse gehört. Und St…immen.«

»Was haben Sie dort unten gemacht?«

»Foto… fo… foto…grafiert« Der Schock erreichte jetzt seine volle Wirkung. Kramer zitterte am ganzen Körper.

»Allein?«, fragte der Polizist.

»Nn nein … d.d.die Gruppe … noch unten.«

»Ist jemand verletzt?«

»Wwwweiß nicht.« Kramer schwitzte und fror gleichzeitig. Der Beamte rief jetzt die Zentrale und forderte eine Funkstreife an.

»Soll ich einen Krankenwagen rufen?«

»Nein … ddddanke.« Kramer schüttelte heftig den Kopf. Die sollten gefälligst da hinuntersteigen und nach dem Rechten sehen und ihn in Ruhe lassen. Dazu waren sie ja Polizisten. Er wollte jetzt nur nach Hause. Das Funkgerät gab immer wieder kratzende Geräusche von sich, dann gab der Beamte seinen genauen Standpunkt und einen kurzen Bericht weiter.

»M… mmmuss ich noch bleiben?«

»Die Funkstreife wird gleich da sein.« Er blickte sich suchend um. Dabei streifte sein Blick den Abstieg zum Kanal, aus dem gerade einige Köpfe auftauchten.

»Sie bleiben hier, meine Kollegen werden gleich eintreffen.« Damit ging er auf die Gruppe zu, die nacheinander die Oberfläche erreichten. Es mussten etwa zwanzig Personen sein.

»Wer hat hier die Leitung?«

»Ich«, sagte ein Mann um die fünfzig. »Was ist los?«

»Wer sind Sie?«

»Kratky, MA 30 Wienkanal, warum fragen Sie?«

Der Polizist zeigte auf Kramer »Wir haben eine Anzeige, es soll geschossen worden sein.«

Die ankommende Funkstreife tauchte die ganze Szenerie in blaues Blinklicht. Kramer erholte sich langsam, fror aber immer noch. Immerhin fühlte er sich jetzt sicher. Aber wo war seine Gruppe?

Der Mann, der sich Kratky nannte, sah zum ankommenden Wagen und wandte sich dann lachend wieder dem Polizisten zu.

»Geschossen? Ja natürlich. Das ist eine Gruppe Touristen und sie haben eine Führung gebucht, für den dritten Mann.«

»Führung?« Mit der Frage jedoch ging dem Polizisten ein Licht auf.

»Der dritte Mann? Sie meinen den Film?«

»Na ja, es ist kein Film. Nur eine kleine Show, mit Platzpatronen natürlich!«

»P… Platzp…pa…patronen?« Kramer hatte es nicht mehr ausgehalten, die Neugier hatte ihn zur Gruppe getrieben.

»Ja natürlich, Platzpatronen.«

»A…a.aber die Schritte, die Männer?«

»Alles nur Show. Für die Touristen, verstehen Sie?«

Kramer nickte fassungslos.

»Nur Show …«, wiederholte er leise, als müsste er es aussprechen, um zu begreifen.

Die Beamten aus dem Streifenwagen näherten sich der Gruppe. Der erste Polizist lächelte ihnen zu und ging ihnen entgegen.

»Fehlalarm«, winkte er ab. »Ihr könnt wieder abrücken.« Der Rest der Erklärung verlor sich mit zunehmender Entfernung. Der Magistratsbeamte sammelte seine Gruppe und verabschiedete sich. Als die Touristen den Platz verlassen hatten, tauchte auch endlich die Fotogruppe auf. Im letzten Gang vor dem Ausstieg hatten die verirrten Blinklichter die Wände gespenstisch blau eingefärbt. Diese Gelegenheit konnten sich die Hobbyfotografen nicht entgehen lassen. Es war ein wahres Fest für den Abschluss des Workshops.

»Was war denn hier los?«, fragte der Kursleiter, der von unten noch die Polizeisirene gehört hatte.

»Ach ... nnnur ein Irrtum«, sagte Kramer abwinkend.

»Irrtum? Na gut ... also ich hoffe, Sie konnten eine Menge guter Bilder mit nach Hause nehmen«, wandte er sich an die ganze Gruppe, »und vielleicht sehen wir uns ja beim nächsten Workshop wieder.«

Mit allgemeinem Händeschütteln und den dazugehörigen Grußworten löste sich die Gruppe auf. Im begeisterten Austausch über die letzten Bilder mit dem blauen Kanal entfernten sich die Teilnehmer. Nur Kramer stand noch unschlüssig herum.

Der Kursleiter wollte sich gerade vom Begleiter des Magistrats verabschieden, als ihm das Fundstück wieder einfiel, das der Beamte abseits der Hauptroute gefunden hatte.

»Ach ja, Herr Kramer, ist das Ihre Tasche? Wir haben sie unten in einem Seitengang gefunden.«

»Tasche? Oh ja, natürlich, meine Tasche. D... danke!«

»Also dann, auf Wiedersehen!« Kursleiter und Magistratsbeamter entfernten sich eiligen Schrittes und Kramer stand verlassen da.

Schließlich schraubte er die Kameras vom Stativ, spulte die Filme zurück, öffnete die Rückwand der Kameras und nahm die

Filmkapseln heraus. Dann versah er die Objektive mit einem Schutzdeckel und verstaute beide Fotoapparate samt den belichteten Filmen in der Tasche. Die kleine Tätigkeit tat ihm gut. Obwohl sich seine Knie noch weich anfühlten, holte ihn die vertraute Beschäftigung in die Normalität zurück. Schließlich schulterte er seine Ausrüstung und ging so zügig, als es ihm möglich war, zur U-Bahnstation.

Auf der Rolltreppe nach unten fingerte er in der Jackentasche nach dem Fahrschein. Dabei fiel ihm die Zwei-Euromünze seiner Mutter in die Hand. Die *Spiegelbild!* – dachte er und sah sich in der Unterführung nach einem Zeitungsverkäufer um. Von weitem sah er auch schon die Schlagzeilen:

Postbeamtin mit Pistole bedroht …

Alarmanlagen in allen Schulen …

Fahndung nach Bankomat-Betrügern …

Der Auftrag

»Wer seinen Willen durchsetzen will, muss leise sprechen.«
Jean Giraudoux

Es war zu solcher Gewohnheit geworden, dass die Anspannung, die Feindschaft, den täglichen Kampf, niemand mehr wahrnahm. Von den Städten über die Dörfer, ja selbst in der kleinsten Zelle des Zusammenlebens, der Familie, waren Streit und Kampf an der Tagesordnung.

Die Anhänger des Drachenordens hatten ganze Arbeit geleistet. Zwietracht, Neid und Egoismus gesät, bis jeglicher Lichtgedanke von der Dunkelheit der Missgunst verschluckt wurde.

Niemand erinnerte sich mehr an Tage des friedvollen Miteinanders. An Feste, Tänze, Vergnügen und Lebenslust. Sie spielten, um zu gewinnen und aßen, um Energie für die scheinbar unvermeidbaren Kämpfe des Tages zu tanken.

Den Adler des Meisters bemerkte deshalb niemand. Ungesehen zog er seine Kreise über dem Desaster der Menschheit. Suchte er etwas? Immer wieder flog er dicht über einer Stadt oder einem Dorf, wandte den scharfen Blick hierhin und dorthin, um dann mit kräftigem Flügelschlag wieder hoch hinaufzusteigen zur nächsten Ansiedlung.

Mitten in der Wüste wurde er fündig. Da saß sie neben ihrem Pferd, an einem Wasserloch. In einen tiefblauen Umhang gehüllt sah sie gedankenverloren vor sich hin. Sie hielt es nicht mehr aus in ihrem Dorf. Und fast konnte man sagen, sie suchte hier etwas.

Frieden? Was ist das? Sich selbst? Wer war sie? Einen Ausweg aus dem Fiasko? Es war so leicht, in den Ärger, die Wut, den Kampf hineingezogen zu werden. Am liebsten wäre sie nie mehr ins Dorf zurückgekehrt. Am liebsten würde sie für immer hier in der Wüste bleiben.

Der Schrei des Adlers schreckte sie aus ihren Gedanken. Sie blickte hoch und folgte der Fluglinie mit ihren schwarzglänzenden Augen. Noch einmal stieß der Vogel einen Schrei aus und kreiste schließlich über einer der Dünen. Sie stand auf und blinzelte. War da etwas in den Sand geschrieben? Sie ging darauf zu, um es genauer zu betrachten und da las sie: »Was willst du?«

»Frieden!«, rief sie.

Im selben Moment verwandelte sich das Schriftbild. »Wer bist du?«

»Arianna.«

»Wer bist du?«, schrieb es abermals.

»Arian…«

Da wirbelte das Schriftbild unbeherrscht durcheinander. Dann glättete ein Windstoß den Sand und mit einem Schrei des Raubvogels schrieb es zum dritten Mal: »Wer bist du?«

»Arianna, die Berberin.«

Darauf wandelte sich das Bild abermals und da stand: »Geh!« Darunter war eine schwungvolle Linie mit einer Pfeilspitze am Ende. Der Adler breitete die Schwingen aus, streckte sich und hob ab. Dann schwebte er in der Luft, als würde er warten.

Arianna begriff. Sie setzte sich auf ihr Pferd und folgte dem Vogel. Sieben Tage und sieben Nächte ritt die Berberfrau durch die Wüste, bis endlich eine Bergkette am Horizont auftauchte. Schon in der Ferne bemerkte sie den tiefen Felsspalt, der direkt in das Innere des Berges zu führen schien.

War das der Ort des Meisters? Als sie näher kam, landete der Adler auf einem Felsvorsprung, direkt neben dem Eingang. Zum letzten Mal stieß er seinen Schrei aus.

Arianna zögerte. Dann stieg sie aber vom Pferd und folgte dem sandigen Weg in den Berg. Tausende winzige Lichter wiesen ihr den Weg in die Dunkelheit. Am Ende gelangte sie schließlich in eine große Halle. An der Stirnseite hing ein Schwert. Und in leuchtenden Buchstaben stand darunter geschrieben: »Kämpfe!«

Arianna fühlte sich angezogen von dieser mächtigen Waffe und doch spürte sie auch Widerstand. Sie wollte nicht mehr kämpfen. Sie hatte es so satt. War so unendlich müde. Und doch ging sie auf das Schwert zu und nahm es aus der Halterung. Aber kaum hatte sie es in ihren Händen, tauchten hinter ihr kampfbereite Krieger auf. Das Schwert schien ihre Hand zu führen, schwang sich dem ersten Angreifer entgegen. Aber Arianna hatte genug. Sie drehte sich mit einem gewaltsamen Ruck zur Wand und zerschellte das Schwert mit einem Aufschrei an der Felswand. Im selben Moment zerfielen die Krieger zu Staub und die leuchtende Schrift im Fels erlosch.

Arianna setzte sich und ein tiefer Frieden erfüllte sie.

Dann stand sie auf und ging zu ihrem Pferd. Der Adler war verschwunden. Aber sie wusste, alles war gut.

Klaus

»Wer nicht liebt Wein, Weib und Gesang,
der bleibt ein Narr sein Leben lang.«
Martin Luther

M ein Mann!«, sagte sie, schob seine Hände weg und griff nach dem Shirt, das sie sich gerade eben noch ausgezogen hatte.

»Aber hast du nicht gesagt …«

»Ja sicher, er ist zu früh. Zieh dich an! Schnell, er wird gleich da sein. Jetzt mach schon, beeil dich doch.«

Klaus griff nach seinem Hemd, das auf dem Boden lag und sah sich suchend um.

»Meine Hose?« Dann blieb sein Blick am Stuhl hängen, wo die Jeans lag. »Ah!«

Sie war inzwischen fertig angezogen und stand lauschend an der Tür, die sie einen Spalt breit geöffnet hatte.

»Da, er kommt. Das war die Haustür.« Klaus sprang eilig in die Hose und zog sie hoch. »Meine Schuhe, wo sind denn meine Schuhe?«

Sie sammelte seine Schuhe ein und drückte sie ihm gegen die Brust. »Da, und jetzt mach, dass du wegkommst. Wenn er dich hier findet …«

Klaus zog den Reißverschluss hoch und fummelte am Hosenbund herum, um den Knopf zu schließen. Dann ließ er es und nahm die Schuhe.

»Ina?«, klang eine Männerstimme vom Wohnzimmer herauf.

»Du musst über den Balkon, schnell!«, zischte sie und schob Klaus zur Balkontür.

»Mein Handy!«

»Hach, wo denn?«

»Auf der Kommode.«

»Ina? Wo bist du denn?«, kam die Stimme näher.

»So, hier. Jetzt aber raus«, schubste sie Klaus auf den Balkon hinaus und schloss die Tür.

»Ja Liebling, ich komme ja schon«, flötete sie, dann ordnete sie mit einem schnellen Blick in den Spiegel ihr Haar und ging hinunter.

Klaus ließ seine Schuhe in den Garten fallen und steckte sein Mobiltelefon in die Gesäßtasche. Dann kletterte er über das Balkongitter, fasste auf der anderen Seite die unterste Querstrebe und ließ sich den letzten Meter auf den Rasen fallen.

»Na wenigstens wohnt sie nicht im dritten Stock«, brummte er, nahm seine Schuhe und verschwand hinter dem Jasminstrauch an der Grundstücksgrenze. Dort knöpfte er sein Hemd zu, stopfte den Saum in die Hose, schloss den widerspenstigen Knopf am Hosenbund und schlüpfte in die Schuhe. Mit einem lässigen Hüftschwung glitt er über den niedrigen Gartenzaun und setzte sich in Bewegung.

»Was tue ich denn jetzt mit dem angebrochenen Abend?« Er zog das Handy aus der Hosentasche und scrollte durch die Kontakte. »Mal sehen, was sich da machen lässt«, tippte er auf einen Namen. Dreimal erklang das Rufzeichen und anschließend eine weibliche

Stimme: »Halli, hallo. Schön, dass du anrufst. Leider passt es gerade gar nicht. Hinterlass doch eine Nachricht oder probier es später noch mal. Tschühüss!«

»Naja, hätte ich mir denken können. Dann vielleicht Gitti?« Wieder tippte er auf die Nummer und wartete auf Antwort.

»Hallo Klaus. Ich kann jetzt überhaupt nicht, hab heute Nachtdienst. Ein andermal gern, gell?« Und schon hatte sie aufgelegt.

Klaus versuchte es noch mit ein paar anderen Telefonnummern, aber entweder hob die Dame nicht ab oder sie hatte keine Zeit oder war bereits anderweitig verabredet. Resigniert steckte er das Telefon weg.

»Also doch in die Kneipe«, bemerkte er und schlug zielstrebig den Weg zu seinem Stammlokal ein.

Kurze Zeit später saß er am Tresen vor seinem dritten Metaxa. Im Laufe des Abends gesellten sich noch ein paar Kumpels dazu, die an diesem Abend auch nichts Unterhaltsameres zu tun hatten. Es wurde, wie nicht anders zu erwarten war, eine feuchtfröhliche Runde, in welcher nur mehr der Wirt die geleerten Gläser überblickte. Kurz vor Mitternacht rutschte Klaus leicht schwankend vom Hocker.

»Zahlen!«, verlangte er mit schwerer Zunge und tastete seine Hosentaschen ab.

»Wo ist denn nur …?« Dann breitete er in Richtung des Gastwirts hilflos die Arme aus und zuckte mit den Schultern.

»Ich schreib's auf deinen Deckel«, sagte der Wirt gutmütig und räumte die Glasmenagerie von der Theke.

»Du bist klllasse!«

»Ja, ja schon gut. Komm gut nach Hause.«

Klaus machte eine Kehrtwendung, die ihn beinahe das Gleichgewicht gekostet hätte und winkte den bleibenden Zechern mit erhobener Hand einen Abschiedsgruß. Draußen hielt er sich kurz am Türrahmen fest und atmete tief durch, bevor er Fuß vor Fuß setzend den Heimweg antrat. Zwei Straßenkreuzungen weiter blieb er vor seiner Haustür stehen und fischte seinen Schlüsselbund aus der rechten Hosentasche. Im Licht der Laterne wählte er den hellgoldenen Sicherheitsschlüssel und versuchte, ihn ins Schloss zu stecken.

»Na wirst du wohl?«, redete er ihm gut zu, als er auch beim fünften Mal nicht im Schlitz landen wollte. Aber es gelang ihm nicht. »Das muss doch …«, beäugte er den Schlüssel und wollte gerade einen weiteren Versuch starten, als sich von hinten das Ehepaar aus dem dritten Stock näherte.

»Guten Abend! Verzeihung … darf ich?« Die Frau zückte ihren Schlüssel, schloss auf und hielt Klaus die Tür auf.

»Danke vielmals«, lallte Klaus, »sehr freundlich.« Dabei kam er der Frau etwas zu nahe, denn sie wedelte sich mit der Hand den Schnapsgeruch von der Nase und stieg mit ihrem Mann eilig die Treppen hinauf.

Wenig später stand auch Klaus vor seiner Wohnungstür, wo sich das Spiel mit dem Schlüssel wiederholte. Dreimal hatte er bereits den Taster für das Minutenlicht gedrückt, als das Telefon in seiner Gesäßtasche vibrierte.

»Ja?«

»Ich bin es. Ina. Du blödes Arschloch!«

»Was …? Wieso …?«

»Du hast meine Ehe zerstört!«, kreischte die Stimme weinerlich.

»Aber ich bin doch … ich habe doch …«

»Ja genau, du hast die Hose von meinem Mann angezogen, du

Volltrottel. Meine Ehe ist im Eimer. Nur weil du deinen Kopf ich-weiß-nicht-wo hast. Ich bin fertig mit dir. Ruf mich bloß nicht mehr an.«

»Aber die Hose, der Schlüssel ...«

»Genau, in der Hose ist auch dein Schlüssel ... und deine Brieftasche. Deutlicher hättest du dich nicht vorstellen können, du Armleuchter. Kannst du dir abholen, Hornochse. Leg ich dir auf die Mülltonne.«

»Aber ...«

»Nix aber, mit dir bin ich fertig. Fix und fertig!«

Ein leises Klicken zeigte Klaus, dass sie aufgelegt hatte. Verständnislos sah er auf das Display in der rechten Hand und hob dann die Linke mit dem Schlüsselbund. Erst jetzt fiel ihm der kleine längliche Anhänger auf, der auf seinem eigenen Schlüsselbund fehlen sollte. Klaus lehnte sich an die Wand und glitt an ihr auf den Boden, als wieder das Licht ausging.

Der Schatz

»Wer nichts wagt, der darf nichts hoffen.«
Friedrich Schiller

In Umhausen, im Ötztal, hatte er es zum ersten Mal gehört. Und dann noch einmal in Vent, im Dorfwirtshaus.

Irgendwo dort oben, zwischen schroffen Felsen, wilden Bergbächen und tiefen Schluchten sollte sie sein. Die Känguru-Höhle.

Einen merkwürdigen Schatz sollte sie beherbergen. Aber scheinbar nichts, das man irgendwie mit Geld aufwiegen könnte. Ein Ort für Träumer und Wünschelrutengänger, meinte einer der Bauern. Und dass er einen gekannt hätte, der ganz ›erleuchtet‹ mit einer tiefen Heiterkeit im Gesicht von dort zurückgekehrt wäre. Manch anderer, der es versucht hätte, aber nicht wiedergesehen wurde. »Waaß da Teifl, wo die bliebn san«, sagte er noch.

Und ein Alter, mit krausem, weißem Bart und speckigem Hut erwiderte: »Na, na ... da Teifl hod do nix zan tuan damit ... des isch halt ... magisch.«

Magisch, dachte er? Und dass er das wirklich gut gebrauchen könnte. Seit er ein Bub war und in der Schule von den Koalabären, den Kängurus und vor allem dem leuchtend roten Berg mitten in der Wüste gehört hatte, war diese unstillbare Sehnsucht in ihm gewachsen, wenigstens einmal nach Australien zu reisen. Kein Globetrotter und Weltreisender musste er sein, die Orte sammelten wie andere Briefmarken. Sondern ein tiefes Verlangen des Herzens zog ihn dorthin.

Aber er war ein einfacher Schafhirte. Das tat er zwar gern, aber es brachte nicht viel ein. Niemals könnte er sich soviel zusammensparen, um sich eine Reise ans andere Ende der Welt leisten zu können. Dabei würde er wohl alt und grau werden und selbst dann würde sich das auch nicht ausgehen. Wenn er aber diese Höhle ausfindig machen könnte, würde sich vielleicht dieser sagenhafte Schatz finden. Und dann, dachte er, dann wäre es vielleicht möglich.

Vom Alten mit dem wilden Bart hatte er ein paar Hinweise erhalten und nun war er seit Stunden unterwegs, immer weiter aufwärts. Zwei, drei Mal musste er umkehren und hatte Mühe, die beschriebenen Zeichen zu finden, die ihm den Weg weisen sollten. Einmal wäre er beinahe über einer Geröllhalde in die Tiefe gestürzt. Aber dann stand er vor einer Wand die hoch über ihm aufragte und den Himmel zu berühren schien. Etwa siebzig Meter über ihm entdeckte er sie dann: die Höhle. Tatsächlich hatte ihre Öffnung Ähnlichkeit mit einem aufrecht stehenden Känguru.

Nach halbwegs machbarer Kletterei erreichte er den Eingang und sah sich um. Schwarze, undurchdringliche Dunkelheit umgab den hinteren Teil der Höhle. Da erinnerte er sich an die Worte des Alten ›Koa Taschnlampen‹ mitzunehmen, weil sich der Schatz sonst nicht offenbaren würde.

Enttäuscht setzte er sich auf einen Felsbrocken. Im Finstern würde er sich mindestens den einen oder anderen Knochen brechen.

»Die ganze Anstrengung umsonst. War wohl doch so ein Ge-
birgsmärchen oder Bergsteigerlatein«, seufzte er. Als er nach einer
halben Ewigkeit wieder aufblickte, um sich auf den Heimweg zu
machen, sah er im hinteren Teil der Höhle einen schwachen Schim-
mer. Er stand auf und folgte dem matten Lichtschein. Je tiefer er in
die Höhle vordrang, desto heller wurde es. Und während er darüber
rätselte, woher dieses Licht kam, bog er auch schon um die Ecke und
stand vor einer strahlend hellen Wüstenlandschaft.

Etwa zehn Meter entfernt saß ein Känguru und blinzelte ihm
zu. Hatte es tatsächlich geblinzelt? Aber bevor er richtig ins Zwei-
feln kam, zwinkerte es abermals mit dem rechten Auge und zeigte
mit dem Vorderlauf auf einen Adler, der am Himmel seine Kreise
zog, als würde er auf etwas warten. Und dann machte das Känguru
auch noch eine einladende Geste, dem Adler zu folgen.

War das nur ein Traum? Ja bestimmt. Jeden Moment würde er
aufwachen. Das war doch einfach zu verrückt. Und dennoch folgte
er dem Adler immer weiter in die Wüste hinein. Schließlich tauchte
er am Horizont auf. Immer größer, immer mächtiger. Uluru – der
rote Berg, den er schon so oft auf Bildern gesehen hatte.

Als er am Fuß des Berges angekommen war, wartete ein dun-
kelhäutiger Mann auf ihn und bedeutete ihm, ihm zu folgen. Sie
gingen ein Stück die Bergflanke entlang, bis der Mann in einen Felsspalt abbog und kurz darauf standen sie wiederum in einer Höhle.
Die große rote Halle wurde von oben durch ein fast kreisrundes
Loch beleuchtet. Das Licht fiel auf einen Sockel in der Mitte des
Raumes, wo ein kleiner Berg roter Steine lag. Nichts Ungewöhnli-
ches schien an ihnen. Viele davon hatte er in der Umgebung des
Uluru liegen sehen.

Der Führer bedeutete ihm, einen dieser Steine vom Sockel aus-
zusuchen. Seine Wahl fiel auf einen Känguruförmigen – ja gut, mit
etwas Phantasie natürlich – und sobald er ihn in die Hand nahm,
spürte er ein sanftes Pulsieren. Mit jedem Pulsschlag senkte sich
eine tiefe Zufriedenheit und Freude in sein Herz. Er hatte die Wüste
durchquert, war dem Adler gefolgt, hatte Uluru erlebt und war
sogar einem Känguru begegnet. Der Stein würde ihn immer daran
erinnern. Also machte er sich leichtfüßig auf den Weg zurück nach
Hause, in die Tiroler Bergwelt.

U7 Air

»Wenn wir bedenken, dass wir alle verrückt sind, ist das Leben erklärt.«
Mark Twain

Steigen Sie nicht mehr ein!«, tönte es aus den Lautsprechern der U-Bahnstation am Westbahnhof. Mit lautem Krachen schloss sich hinter Klaus Wiener die U-Bahn-Tür. Zumindest in seinen Ohren klang es laut und krachend, denn nach drei Tagen und zwei Nächten Fehlersuche wollte er nur noch nach Hause und dann ins Bett fallen. Es war zehn Uhr vormittags, die Rushhour also vorbei und deshalb fand er am Ende des Waggons einen freien Sitzplatz. Um die noch anstehenden technischen Probleme und Details aus dem Kopf zu bekommen, hatte er am Bahnhof eine Zeitung gekauft, die er jetzt aufschlug.

›Neuer Hitzerekord in Wien‹ prangte ihm auf der Titelseite entgegen. Ja, dachte er, die Hitze hatte in den letzten Tagen auch ihm schon zu schaffen gemacht. Das Thermometer war in den letzten Tagen kaum unter zweiunddreißig Grad gesunken und in der Montagehalle hatte es tagsüber fast schon vierzig Grad erreicht. Auch zuhause wurde es erst nach Sonnenuntergang einigermaßen erträglich. Deshalb wünschte sich Klaus Wiener – abgesehen von etwas Ruhe und Schlaf – nichts mehr als eine wetterbedingte Abkühlung und ein kühles Blondes.

Er schlug die Seite mit den Vorhersagen auf: ›Am Donnerstag ziehen in den Morgenstunden kompakte Wolken durch. Es bleibt aber trocken und im Tagesverlauf setzt sich verbreitet die Sonne durch. Bei schwachem Wind steigen die Temperaturen in Wien und im Osten Österreichs auf 32 bis 35 Grad. Es bleibt trocken und heiß‹, stand da.

Immerhin, der U-Bahnzug ist klimatisiert, stellte Wiener fest und entspannte sich. »Alterlaa … umsteigen zu …« Noch drei Stationen, dachte Wiener und freute sich schon auf das Feierabendbier und auf sein Bett.

Als er die Tür hinter sich schloss, drang die Stimme seines Sohnes durch jene Tür, die mit ›Eintritt nur nach Voranmeldung‹ beschriftet war.

»Papa?«

»Ja, ich bin's«, gab er sich zu erkennen und wunderte sich, dass Finn an einem Mittwochvormittag nicht in der Schule war. Aber es blieb ihm keine Zeit zur Erforschung der möglichen Gründe, denn im nächsten Moment stürmte Finn aus seinem Zimmer.

»Die neue U7 fährt ab heute, du weißt schon, die supermoderne, raketenschnelle AIR, die wie eine Flaschenpost …«

Der Vater winkte müde ab und suchte den Boden der Garderobe nach seinen Pantoffeln ab. Auf den zweiten Blick wurde er fündig, zog seine Schuhe aus und schlüpfte in die Hausschuhe, die sich heute viel weicher und größer anfühlten als sonst. Während er in die Küche ging, um sich aus dem Kühlschrank eine Flasche Bier zu holen, musste er auf jeden Schritt achten, um unterwegs seine Pantinen nicht zu verlieren.

»Bitte Papa, können wir mit der neuen AIR fahren …«, kam es wieder von seinem Sohn Finn.

»Nur ein Stück. Heute müssen wir uns nicht mal registrieren lassen. Es kostet gar nix … nema, niente, nothing!«

»Doch, mich kostet es einen entspannten Nachmittag und den dringend benötigten Schlaf.«

Der Vater schenkte sich ein Bier ein und der Schaum quoll über den Rand des Glases. Immer weiter schäumte es und kroch schließlich über die Arbeitsplatte, abwärts über die Tür des Unterschrankes auf den Boden. Es schien eine Ewigkeit zu dauern, bis es endlich aufhörte. Zu warm – dachte Herr Wiener –, das Bier ist zu warm. Und während er überlegte woran das liegen könnte, da er die Bierflasche ja gerade erst aus dem Kühlschrank genommen hatte, tauchte hinter der Kochinsel wieder der Kopf seines Sohnes auf. Er trug sein Lieblings T-Shirt mit der Aufschrift ›Aufräumen muss man erst, wenn das WLAN-Signal nicht mehr durchkommt‹. Und eine merkwürdige Kopfbedeckung trug er. Eine Art Helm mit Stummelantenne, an dessen oberem Ende eine rote LED blinkte. Der Vater wollte gerade danach fragen, was dieser Helm zu bedeuten hätte und überhaupt, wo er dieses Ding her hätte, als Finn abermals in seine Überlegungen platzte.

»Ooooch Papaaaa, komm schon. Lass uns mit der AIR fahren. Lass uns etwas unternehmen, wenn du schon mal zuhause bist. Mama und die Mädchen sind einkaufen. Ich habe die ganze Zeit auf dich gewartet.«

»Und ich habe die ganze Zeit gearbeitet und bin jetzt todmüde. Ich habe auch ein Recht auf Entspannung. Ich muss jetzt endlich schlafen. Dringend.«

»Ja sicher, Papa. Das sollst du ja. Du wirst sehen wie gut du dich in Loipersdorf entspannen kannst. Die neue AIR braucht nur zweiundvierzig Minuten dorthin. Von mir aus können wir auch schon in Bad Vöslau, Oberlaa oder Bad Fischau, in Blumau oder beim neuen Aqua 2000 aussteigen. Ich habe schon alles gepackt. Badezeug, Handtücher, Sonnencreme für dich ... komm jetzt endlich!«

Und während Finn den Vater in den Flur zog, fiel diesem ein, dass er seinem Sohn schon lange einen Badeausflug versprochen hatte. Also gab er allen Widerstand auf und folgte ihm in den Flur, wo eine große, prall gefüllte Badetasche stand. Obendrauf Finns Spritzpistole und sein fertig aufgeblasenes Krokodil.

Erst als sie in Siebenhirten auf dem Bahnsteig standen, fiel Wiener auf, dass er noch immer die schlappen Pantoffel trug. Aber das war ihm jetzt auch egal. Er hatte auch gar keine Zeit sich darüber Gedanken zu machen, denn Finn redete wie ein Wasserfall.

Dass es in der Stadt auch bei der größten Hitze gar nicht mehr so heiß wäre, weil die Stadtplaner an strategischen Stellen Ventilatoren aufstellen ließen und diese kontinuierlich für kühle Frischluft sorgten. Dass sie in Alterlaa in die nagelneue U7-AIR umsteigen würden, die fast alle Thermen von Wien bis in die Süd-Steiermark anfuhr. Dass an der ersten Station in Oberlaa ein Riesenhappening mit Kulinarik, Musik und Gewinnspielen stattfinden würde. Dass man an allen Stationen ein reduziertes U7-AIR-Spaßticket für die jeweilige Therme bekam und dass die Wiener Linien an mehreren Haltestellen der Linie U7 Simulatoren aufgestellt hätten, mit welchen man mit einem konventionellen U-Bahnzug virtuell Zugführer spielen könnte. Finn hatte sich natürlich schon online angemeldet.

Klaus Wiener schwirrte der Kopf von der Redeflut seines Sohnes. Deshalb war er froh, dass Finn sich mit den Öffis so gut auskannte. Als sie in Alterlaa ausstiegen, riefen ihnen im Zugang zur U7 die Werbetafeln zu: Fit und gesund durch die Sommerhitze – Mit den Wiener Linien zum Badespaß – Ab ins kühle Nass – U7 AIR, die beste Verbindung ins Thermenland … Wasserlandschaften … köstliche Kulinarik … Ruheoasen.

Oh ja, dachte Wiener, vor allem Ruheoasen wären ihm jetzt höchst willkommen.

»Nicht einschlafen Papa, wir sind gleich da. Schau, da vorne steht sie schon. Komm beeil dich, sonst müssen wir auf die Nächste warten.« Finn zog und schob den Vater und kaum hatten sie das silberne Wunderwerk betreten, erklang: »Steigen sie nicht mehr ein!«, aus den Lautsprechern.

In Wieners Rücken erklang ein warnendes Piepen und mit einem sanften Plopp schlossen sich die Türen. Merkwürdigerweise drängten sich hier nicht viele Menschen, um das neue Fahrgefühl zu testen, sodass es sogar freie Sitzplätze gab. Komisch, dachte Wiener, wahrscheinlich lag es wohl daran, dass die meisten um diese Zeit noch arbeiten müssen. Das war ihm sehr recht, denn für Massenveranstaltungen wäre er wirklich zu müde gewesen.

»Nächster Halt … Therme Oberlaa …«, tönte es durch den Lautsprecher. Und dann: »Bitte bleiben sie achtsam, zwischen Bahnsteig und U-Bahn-Tür ist ein Spalt.«

Also auch hier, dachte Wiener und dass er mit seinen großen Schlappen beim Aussteigen aufpassen müsse nicht hängen zu bleiben. Als er sich auf einen freien Platz setzte, stand sein Sohn mit einem bunten Paket vor ihm, das mit Draht seltsam verschnürt war. An der rechten unteren Ecke blinkte eine rote LED. Daneben klebte eine digitale Anzeige und zählte gerade von dreißig Richtung Null. ›Piep, piep, piep …‹, klang es in seinen Ohren …

»Finn, schmeiß das weg, raus hier …« Aber Finn stand seelen-
ruhig da und grinste.

»Aber Papa, happy Birthday. Das ist doch dein Geschenk.«

Die rote LED auf Finns Helm blinkte mit der roten am Paket,
synchron im Takt: ›Piep, piep, piep …‹ Gerade sprang die Zahl von
der Eins auf die Null, als es explodierte.

***

»Hallo … aussteigen, steigen Sie bitte aus, Endstation!« Klaus Wiener wischte sich den Schweiß von der Stirn und schüttelte sich.

»Wo …«, fragte er verwirrt.

»Siebenhirten. Endstation. Wenn Sie nicht wieder bis Florids-
dorf mitfahren wollen, sollten Sie jetzt aussteigen.«

Wiener nahm, noch immer benommen, seine Tasche und griff
nach der Zeitung, die auf den Boden gerutscht war. Die aufgeschla-
gene Seite zeigte eine halbseitige Werbebotschaft irgendeiner Air-
line, darunter aber das Bild einer Wasserlandschaft. Im Vordergrund eine lachende Familie hinter einem aufblasbaren Krokodil.
Darüber die Lettern: ›Ab ins kühle Nass – Die besten Verbindungen
ins Thermenland – Mit den Wiener Linien zum Badespaß.‹ Und da
entsann er sich wieder – er hatte Finn zum Geburtstag einen solchen
Ausflug versprochen. Morgen, dachte er … denn heute musste er
wirklich ausschlafen. Dann stand er auf und stieg aus.

Zusammen stirbt man weniger allein

»Man vergisst vielleicht, wo man die Friedenspfeife vergraben hat.
Aber man vergisst nie, wo das Beil liegt.«
Mark Twain

Alfred Knotzer saß in der Küche am schmalen Esstisch. Zwei weiß-braune Sessel, ein Hocker. Auf der grau gemusterten Resopalplatte des Tisches ein glasklares Plastiktischtuch, welches der abgenutzten Oberfläche etwas Glanz verlieh. Mit einem Wisch-und-Weg konnte seine Frau jeden verirrten Tropfen, die kleinste Verunreinigung sofort und rückstandslos entfernen. Denn Elfriede Knotzer hasste Unordnung und Dreck. Alfred hingegen fand es unerträglich, wenn seine Unterarme an der glatten Oberfläche klebten. Egal was er vom Tisch hob, Tasse, Messer oder Salzstreuer, immer löste er damit dieses ›Sssnnnz…‹-Geräusch aus. Sogar Elfriedes Katzen mieden diese Klebefalle.

»Bist endlich fertig?«, schossen die Worte mit einem vogelartigen Seitenblick von Elfriede zu Alfred.

»Beeil dich, ich muss noch aufwischen!«, Alfred nahm sein Butterbrot vom Teller und stand auf.

Elfriede verfolgte ihn mit feindseligem Blick, als er ins Wohnzimmer ging. »Brösel mir ja nicht alles voll!«, rief sie ihm nach und stöhnte. Seit er in Frühpension war, saß er hier herum. »Frühpen-

sion«, schnaubte sie, »mit sechsundfünfzig in Pension zu gehen ...
krankheitshalber ... wegen der Bandscheiben.« ›Wehleidig ist er
und faul, das ist alles‹, dachte Elfriede. Wegen Alfreds Ruhestand
mussten sie sparen. Sogar den Schrebergarten musste sie aufgeben.
»Frühpension«, fauchte Elfriede noch einmal und füllte den Wisch-
eimer mit warmem Wasser. Am liebsten hätte sie ihn mit dem feuchten Mopp ebenso weggewischt, wie den kaum wahrnehmbaren
Schmutz in der Wohnung. Warum bloß hatte sie nur diesen Versa-
ger geheiratet, dachte sie wütend und tauchte den Mopp in das
Wasser, dass es nur so spritzte.

Alfred nahm die Zeitung von der Kredenz und ging ins Wohnzimmer, wo sich fünf der sieben Katzen auf der Couch räkelten. Mit
einer derben Handbewegung verscheuchte er die schwarze, die auf
seinem Platz schlief. Die haarigen Viecher, die seine Frau so verhät-
schelte, waren ihm zuwider, aber um des lieben Friedens willen
hatte er sich arrangiert. Fast alle waren Streuner in der Gartensied-
lung gewesen und Elfriede hatte sie nach Auflösung ihrer Parzelle
in die Wohnung mitgebracht. Am liebsten hätte er sie der Reihe
nach ertränkt. Seit er praktisch immer zu Hause war, machte ihm
seine Frau das Leben zur Hölle. Wo er sich niederließ, war er ihr im
Weg. Was er auch tat, war ihr zu schlecht und jeder Kommentar von
ihm war ihr lächerlich. Er hatte sich zum Störenfried in seiner eigenen Wohnung entwickelt. Aber er sah keine andere Wahl als die
ständigen Sticheleien und Anschuldigungen zu ertragen, wenn er
nicht allein bleiben wollte. Und wohin sollte sie schon gehen,
schließlich war sie immer nur Hausfrau gewesen. Er selbst war irgendwann einmal stolz darauf gewesen, dass sie sich ausschließlich
um Kind und Haushalt kümmern konnte. Und tatsächlich hatte er

sie einmal geliebt, dachte er bitter. Aber Elfriede hatte diese Liebe in Unzufriedenheit und Lieblosigkeit erstickt. Dumm war es gewesen, zu glauben, dass sich die Gefühle seiner Frau zu ihm jemals ändern würden.

Als Andrea kam, da hatte er wirklich Hoffnung gehabt. Mit dem einzigen Kind hatte er plötzlich weiche, liebevolle, freundliche Seiten an Elfriede kennengelernt. Aber je größer seine Tochter wurde, desto mehr löste sich diese Hoffnung in Luft auf. Später erhielten nur mehr ihre Katzen so viel Zuwendung. Mit den miauenden Kratzbiestern konnte sie schäkern, lachen und turteln wie früher mit der kleinen Andrea.

Ach Andrea, dachte er, wenn sie nur nicht so bald gestorben wäre. Vor allem nach dem Unfalltod ihrer gemeinsamen Tochter hatte sich Elfie zunehmend in die zeternde Elfriede von heute verwandelt. Alfred schlug die Zeitung auf.

»Schon wieder fünfzig Leute im öffentlichen Dienst eingespart«, sagte er halblaut vor sich hin.

»Na und? Ein paar Nichtstuer weniger«, kam es spitz aus der Küche.

»Da kann ich ja froh sein, dass ich in Frühpension gehen musste.«

»Wäre auch kein Beinbruch gewesen, wenn du die paar Jahre noch ausgehalten hättest.«

»Du weißt genau, dass ich vor Schmerzen nicht mehr sitzen konnte.«

»Ach ja?«, lachte Elfriede gereizt auf. »Aber hier und da draußen im Prater kannst jeden Tag herumsitzen oder was.«

»Da kann ich ja jederzeit aufstehen, wenn ich will. Außerdem bin ich auch viel zu Fuß unterwegs. Du weißt, dass mir das gut tut.«

»Na Hauptsache DU weißt, was dir gut tut. Und wer fragt mich, was MIR gut tut? Wenn ich bloß an deine Versprechungen denke: jedes Jahr Urlaub, irgendwohin wo es schön ist, hast du gesagt und ein Häuschen im Grünen. Ein Auto, damit man am Wochenende auch mal hinausfahren kann … Alles nur Larifari. Nichts davon wahr. Gar nichts.«

»Jetzt fängst du schon wieder damit an«, und halblaut ergänzte er: »Immerhin haben wir die Wohnung und genug zum Leben …«

»… und Andrea …«, ergänzte er in Gedanken halblaut.

»Na sicher, Andrea … deine geliebte Andrea. Meine Tochter ist wohl deine größte Leistung. Dass ich nicht lache!«

»UNSERE Tochter. Sei doch nicht so unleidlich.«

»Und wenn sie nicht deine ist? Was dann …? Dann bleibt nicht mehr viel übrig von deinem wertvollen Leben …«

»Ach was, wessen Tochter sollte sie denn sonst sein. Du bist ja nur schlecht gelaunt.«

»Pah, was glaubst du wohl, Joe natürlich. Glaub ja nicht, dass du der erste warst. Nur wegen dem Kind bin ich bei dir geblieben. Und weil meine Eltern das so wollten. Sonst hätten mich keine zehn Pferde hier gehalten.«

»Du lügst doch … weil du genau weißt, wieviel mir Andrea bedeutet hat.«

»Ein Beamter, der ist solide, haben sie gesagt. Ha! Als ob mir daran etwas liegen würde. Die ganzen Jahre, meine ganze Jugend, verschwendet und aus dem Fenster geschmissen. Und für was? Du warst der größte Fehler meines Lebens. Und deine Affenliebe zu Andrea, dieses Turteln und Betüteln war ganz umsonst.«

»Jetzt hör doch auf, du bist ja nur eifersüchtig, weil Andrea lieber mit mir zusammen war.«

»Dann denk doch mal nach … woher hat sie denn die blauen Augen? Von mir vielleicht? Von meiner Familie? Von dir auf jeden Fall schon dreimal nicht.«

»Das ist doch kein Beweis. Viele Kinder haben hellere Augen als die Eltern.«

»Und das Muttermal hinter dem linken Ohr, hä? Dreimal darfst du raten … Na, keine Idee? Ich sag's dir! Von Joe!«

»Joe, Joe, Joe … ich geh jetzt an die frische Luft.«

»Ja geh nur, wenn die Wahrheit herauskommt, rennst du hinaus. Geh nur … von dir ist sie jedenfalls nicht. Von dir nicht … hörst du? Nicht von dir! Überhaupt gar nichts ist von dir …«

Während Alfred seine Schuhe anzog, Jacke und Schal vom Haken nahm, keifte Elfriede weiter. Nicht einmal das hätte er zusammengebracht, hatte sie noch hinterhergerufen und seine Affenliebe zu ihrer Tochter wäre verschwendete Zeit gewesen. Alfred schloss die Tür hinter sich und auf dem Weg in den Prater, in welchem er so viele glückliche Stunden mit seiner Tochter verbracht hatte, breitete sich das Gift in ihm aus.

Ganz von selbst nahm ein Plan Gestalt an, er konnte gar nichts dagegen tun. Es war nur eine Frage des Wie und schließlich – Wann. Auf dem Weg durch die Prater Hauptallee wägte er verschiedene Möglichkeiten ab, ohne eine praktikable Lösung zu finden, durch welche er am Tod seiner Frau nicht allzu beteiligt war, und noch wichtiger: er sich als Täter nicht verdächtig machen würde. Auf der Höhe des Schweizer Hauses bog er nach links zum Spaßgelände der Wiener und Wien-Touristen ab und vor der Geisterbahn setzte er sich auf seine Stammbank, um zu rasten. Zwischen dem Lichtgewitter der Vergnügungsmaschinen, den Schießbuden, Pommesbuden und Zuckerwatte, dem Lachen und Lallen der Menschen malte er sich aus, wie schön ein Leben ohne Elfriede sein könnte.

Gerade als Alfred aufstehen wollte, um ein paar saure Drops zu kaufen, wurden seine Ohren Zeugen eines scheinbar eindeutigen Geschäfts. Von einem Auftrag, der zehntausend Euro wert sei, war die Rede. Und das Wort Unfall fiel in den Verhandlungen. Das wäre überhaupt die beste Lösung, dachte er. Ein ›Unfall‹. Möglichst irgendwo draußen. Unter dem Vorwand, Elfriede mit einem Ausflug eine Freude zu machen, und dann … Alfred stand zufrieden auf und machte sich auf den Heimweg.

Elfriede öffnete das Küchenfenster. Sie brauchte Luft, irgendwann würde sie noch ersticken in diesem täglichen Muff. Auf der Fensterbank lag eine tote Taube, die sie mit spitzem Zeigefinger in die Tiefe schnippte.

»Eine weniger«, sagte sie zufrieden. Sie hasste Vögel und vor allem Tauben. Sie flatterten herum und ließen ihre Federn und noch anderes fallen und waren überall dort, wo man sie nicht erreichen konnte. Tauben und Vögel sind die Fledermäuse der Vergnügungsviertel, sagte sie und meinte damit besonders den Prater. Dass es einmal anders war, hatte sie vergessen.

Joe, ihre große Liebe war Schießbudenbesitzer. Aber ihre Familie war dagegen. Die sind nichts wert, hieß es. Solche Kerle fliegen von einer Blume zur nächsten. Und dann sitzt man da mit einem schreienden Bündel, meinten sie. Sie sollte sich lieber nach etwas Solidem umsehen, sagten sie auch.

Bestimmt hätte sie Joe damals geheiratet, wenn sie ihren Geliebten eines Tages nicht poussierend mit einer anderen gesehen hätte. Mit Alfred hatte sie aus Trotz geschlafen, in der Hoffnung Joe eifersüchtig zu machen. Aber nichts dergleichen geschah. Im Gegenteil, das Ziel ihrer Liebe hatte sie wie Luft behandelt. Und als sie dann schwanger war, hatte sie keine andere Möglichkeit mehr gesehen, als zu heiraten. Das Kind hatte einen Vater und die Familie war zufrieden. Denn Alfred war als Beamter genau das, was sich ihre Eltern unter ›solide‹ vorgestellt hatten. Die Entscheidung, beim ungeliebten Leben zu bleiben, hatte sie Jahr für Jahr mehr verbittert.

Aber heute wollte sie ihrer Ehe den Garaus bereiten. Sie hatte alles genau überlegt. Zuerst das Gift, das sie noch vom Kampf gegen die Wühlmäuse aus dem Schrebergarten hatte und dann der glückliche Fenstersturz. Morgen würde sie frei sein. Endlich! Dann stellte sie Eimer und Tücher zum Fensterputzen bereit.

Als Alfred zurückkam, standen zwei Teller mit Mohnkuchen auf dem Tisch. Eine feine Schicht Puderzucker bedeckte sein Lieblingsgebäck, ganz wie er es gerne mochte. Hätte er diesen Abend überlebt, dann hätte er nicht sagen können, warum er die beiden Teller ausgetauscht hatte. War es nur ein Impuls, Misstrauen, eine Ahnung? Wer hätte das sagen können.

Elfriede trocknete das Geschirr ab und stach sich stehend eine Gabel nach der anderen von ihrem Kuchenstück ab. Als sie das große Brotmesser von der Abtropffläche nahm, um es trocken zu wischen, schwankte sie würgend und drehte sich ungläubig zu Alfred um.

»Hast du …?«

»Was?«, fragte der Mann in Gedanken an mögliche Unfallorte. Und als Elfriede auf den Tisch zuwankte, einen Stuhl zu Fall brachte und sich schließlich über der glänzenden Plastiktischdecke erbrach, begriff er, dass er an diesem Abend sterben sollte. Mit einem

Ruck stand er auf und wich zurück. Elfriede taumelte wütend auf Alfred zu und mit einem »Du ... Du ...!!!« rammte sie ihm das Brotmesser in die Brust.

Hanni räumt auf

»Der beste Lügner ist der,
der mit den wenigsten Lügen am längsten auskommt.«
Samuel Buttler

Ohne Konrad

Johanna war untröstlich. Konrad war gegangen.

In ihrem schwarzen Kleid, das schon festlichere, glücklichere Momente gesehen hatte, stand sie vor dem Spiegel und wieder und wieder liefen die Tränen über ihre Wangen. Abermals zog sie eines der ungezählten Kleenex aus der Verpackung, trocknete ihre Tränen, schnäuzte sich und knüllte das rosa Papierfähnchen zwischen den Fingern zusammen, um es schließlich in den kleinen Abfalleimer unter dem Handtuchhalter fallen zu lassen, in welchem sich bereits ein ganzer Berg ihrer rosa Trauerzeugen häuften, die sich dort während einer schlaflosen Nacht angesammelt hatten.

»Ach, dass du mir das antust Konrad«, seufzte sie und griff in alter Gewohnheit nach der Wimperntusche. Dann sah sie ihr Spiegelbild mit den rotgeweinten Augen, hielt kurz inne und legte den Mascara wieder an ihren Platz. Nein, das passt heute nicht, dachte sie und seufzte tief auf.

Dann ging sie mit der Kleenex Schachtel und dem Papiereimer hinunter ins Wohnzimmer, wo sie bereits einige Dinge von Konrad bereitgelegt hatte. Nur langsam und zögerlich realisierte sie, dass Konrad gestorben war. Aber es gab noch immer diese Momente, in welchen sie glaubte, er müsse jeden Moment zur Tür hereinkommen. Sie ertappte sich dabei, dass sie in eingelernter Gewohnheit für zwei aufdeckte oder von ›wir‹ sprach, obwohl sie nun allein war. Konrad war in allen Dingen hier im Haus allgegenwärtig. Und doch hatte sie jetzt schon die Befürchtung, sich nicht mehr an ihn zu erinnern. Deshalb hatte sie die Kommode abgeräumt, um für Konrad Platz zu schaffen. Deshalb hatte sie all die Dinge und Bilder zusammengetragen, die sein Bild, seine Präsenz wachhielten. Deshalb hatte sie auch sein Eau de Cologne aus dem Badezimmer dazu gestellt. Und deshalb stellte sie den Flakon jetzt zur Gedenksammlung. Auch wenn sie diesen Duft immer zu aufdringlich, zu mystisch fand. Aber Konrad fand ihn wunderbar. Besser gesagt, er fühlte sich damit großartig. Hanni stellte nun sein Bild, das sie mit einer schwarzen Schleife und einem dunkelroten Herzen dekoriert hatte, in die Mitte der Kommode. Dann nahm sie die Handvoll Fotos aus allen Lebensbereichen von Konrad und fächerte sie vor seinem Porträt auf. Ein Bild der Hochzeitsreise war darunter, Hanni und Konrad auf dem Markusplatz.

»Ach, war das schön damals«, seufzte sie und vergaß, dass sie kurz nach dieser Szene ihren ersten großen Streit hatten, weil Konrad ganz ungeniert mit jener Touristin geflirtet hatte, die auf den Auslöser gedrückt hatte. Ein anderes Bild zeigte Konrad und Hanni am Meer. Der Wirt am Hafen von Mali Lošinj hatte dieses Foto gemacht. Oder die Erinnerung an eines der Oldtimertreffen, die Konrad so begeisterten. Hanni konnte dem schwärmerischen Getriebe auf diesen nach Blech, Benzin und Motoröl riechenden Veranstaltungen nichts abgewinnen. Deshalb hatte sie Konrad auch nur anfangs begleitet. Aber es war ein gewichtiger Teil von ihm. So nahm sie seine Jaguar-Base-Cap, die er bei solchen Gelegenheiten immer getragen hatte, und den handgroßen Citroën DS in grün-metallic und dekorierte beides hinter der Bildergalerie.

Auf die linke Seite neben Konrad stellte sie die schwarz-goldene Gondel von ihrer Hochzeitsreise und dahinter die beiden letzten Flaschen seines Bordeaux Pomerol. Zehn Flaschen hatte er vor einigen Monaten bestellt und beinahe tausend Euro dafür bezahlt. Hanni mochte keinen Rotwein und Konrad sollte seit seinem leichten Herzanfall eigentlich auch keinen trinken. Wütend hatte sie ihm deshalb ein: »Willst du dich umbringen?«, entgegen geworfen, als die Lieferung kam. Aber Konrad meinte: »Ach was, man gönnt sich ja sonst nichts.«

Hanni griff nach der Angel, mit welcher er erst seit seiner Pension unterwegs war, um im Ruhestand keine Langeweile aufkommen zu lassen. Immer mittwochs und unregelmäßig auch an anderen Wochentagen war er damit unterwegs. Mit Freunden, sagte er. Auch diesem Ding sah man an, dass es nicht gerade billig war. Konrad achtete bei allem, was er je gekauft hatte, auf Qualität. Und Qualität hat eben seinen Preis, sagte er immer. »Na ja, Hauptsache du hattest Freude daran«, seufzte Hanni wieder, sah hingebungsvoll auf Konrads Abbild und legte die Angel an die vordere Kante der Kommode. Dann drehte sie sich um und nahm den Marmorgugelhupf vom Tisch, den sie auf dem Glasteller mit weißer Tortenspitze dekoriert hatte und stellte ihn links vor die beiden Weinflaschen. Es war sein Lieblingskuchen. Auch davon sollte er nicht so viel essen. Aber in den letzten Jahren hatte sie auf Konrad aufgepasst und immer am Zucker gespart. Diesmal allerdings war er so süß wir früher. »Schadet ja nicht mehr«, meinte sie, als sie schluchzend den Teig rührte.

Hanni trat zwei Schritte zurück und betrachtete wehmütig aber zufrieden ihr Werk.

»Na dann ...«, seufzte sie, »es wird Zeit. Jonas, Christl und die Kinder und Pia müssen jeden Moment da sein.«

Das Begräbnis

Der Pfarrer sprach über das ewige Leben und den Glauben und dass ihm, dem Konrad, ein Licht leuchten würde. ›War Konrad gläubig?‹, fiel Hanni plötzlich ein und sie erinnerte sich an den Moment, als sie ihn vor der Haustür gefunden hatte. Als sie mit Konrads Kopf auf ihrem Schoß den Notarzt gerufen hatte. Was hatte Konrad da gesagt? »Glaub nicht ...«, was sollte sie nicht glauben? Doch dann war es zu spät. Der Notarzt konnte Konrads Leben nicht mehr retten.

Jetzt stand sie hier an seinem Grab und dachte über seinen Glauben nach. Wie lächerlich kam ihr das gerade vor. Konrad und Glaubensfragen. Das passte einfach nicht zusammen. Er konnte gut mit Zahlen, Fakten und Lösungen. Nein, da war kein Platz für Wahrscheinlichkeit, Offenbarung und Glaubensbekenntnisse.

»Man muss das Leben genießen, solange es dauert«, hatte er immer gesagt. Hanni schluchzte auf. Viel zu kurz hatte es gedauert, sein Leben. So schön hätten sie es jetzt haben können zu zweit. Einen zweiten Frühling hätten sie gehabt und alles nachgeholt, wozu in den Jahren mit den Kindern und der Arbeit keine Zeit war.

Die ganze Zeit schon hatte sie davon geträumt, die Orte zu besuchen, an welchen sie in der ersten Zeit ihres Kennenlernens und Verliebtseins waren. Ganz bestimmt hätte ihre Verbindung, die in den letzten Jahren der Alltagsroutine gewichen war, neu aufblühen können.

»Ach Konrad!«, seufzte sie wieder schwer, während der Pfarrer das Aspergill in den Weihwasserkessel tauchte und Konrads Sarg segnete. Dann drehte er sich um, nickte Pia zu und trat zur Seite.

Hanni sah überrascht zu Jonas auf. »Aber du wolltest doch …?«

Jonas zuckte mit den Schultern und sah etwas betreten zu Boden.

»Lieber Papa«, begann Pia. »Wenn ich jetzt an dich denke, dann erinnere ich mich vor allem an letzten Mittwoch als ih… also, als du bei mir warst. Du hast deinen Bordeaux mitgebracht und über deine Pläne erzählt. Über das letzte Oldtimertreffen, den Citroën, den du dir immer gewünscht hast und dass sich dein Traum endlich erfüllen würde. Wie du dich darauf gefreut hast, damit einen Roadtripp zu machen.«

Hanni horchte auf. Konrad hatte ihr nichts davon erzählt, dass er so einen Wagen kaufen wollte. Roadtripp? Wollte er sie damit überraschen? Und war er am Mittwoch nicht beim Fischen? Wieder sah sie fragend zu Jonas auf. Aber er sah gerade in die andere Richtung. Als sie seinem Blick folgte, entdeckte sie etwas abseits halb von Büschen verdeckt eine Frauengestalt mit Sonnenbrille und dunklem Trenchcoat. Kannte sie die Frau? War das nicht …?

»Papa, du hast es wirklich verstanden, das Leben von der lockeren Seite zu nehmen und alles andere nicht so wichtig zu nehmen. Darin warst du mir immer ein Beispiel.«

›Na ja‹, dachte Hanni, ›mit der Länge deines Rockes hättest du es wenigstens heute etwas weniger locker nehmen können.‹

Pia erzählte dann ein paar Episoden über ihre Kindheit, als Hannis Blick wieder zu den Büschen wanderte. Aber die Frau war nicht mehr zu sehen. Am Ende ihrer kleinen Ansprache legte Pia die erste von vielen weiteren Rosen auf den Sarg und stellte sich wieder neben ihre Mutter.

»Der Papa war bei dir? Am Mittwoch?«

Pia öffnete den Mund, streifte den warnenden Blick ihres Bruders und nickte knapp.

»Aber er wollte doch zum Fischen?«

»Ja, ja, er hat es sich anders überlegt, weil ich kurzfristig frei hatte.«

»Ach so. Dann hast du ihn wenigstens noch gesehen, bevor …«

»Ja Mama.«

Hanni tätschelte Pia den Arm und legte dann ihre Rose ebenfalls auf Konrads Sarg. Dann trocknete sie ihre Tränen und wartete ein paar Schritte weiter, um allen anderen Trauergästen für einen letzten Gruß Platz zu machen.

Dort nahm sie dann zwischen ihren beiden Kindern die Beileidsbekundungen entgegen. Freunde, Nachbarn, Kollegen und Kolleginnen, alle waren sie gekommen, um Konrad auf seinem letzten Weg zu begleiten. Seine ehemaligen Kollegen, alte und neue Freunde und natürlich seine Kumpels vom Oldtimerclub. Manche waren sogar mit ihren motorisierten Prunkstücken gekommen. Hanni fand das zwar etwas übertrieben, freute sich aber dennoch, dass sie sich die Zeit genommen hatten. Schließlich war die Begeisterung für diese Fahrzeuge ein Teil von Konrads Leben.

Hanni drückte eine Hand nach der anderen, nickte dankbar zu jeder Anteilnahme oder wechselte hier und da mit einem Menschen aus der langen Schlange ein paar Worte.

Erich und Roman standen gerade vor ihr, die beiden Freunde, mit welchen Konrad sich immer am Mittwoch zum Fischen getroffen hatte.

»Herzliches Beileid, liebe Hanni!«, sagte der eine und, »Wenn wir irgendetwas für dich tun können …«, der andere.

»Vielen Dank. Dankeschön. Das ist lieb, aber ich komm schon zurecht. Jetzt seid ihr wohl wieder allein am Mittwoch.«

»Mittwoch?«

»Ja, zum Fischen.«

»Ähm, ja natürlich. Zum Fischen. Ja was soll man machen. Nicht wahr Hanni?«

Die beiden drückten ihr noch einmal die Hände und gesellten sich dann zu ein paar anderen Männern.

Schließlich war auch das letzte ›Mein aufrichtiges Beileid‹ ausgesprochen und die letzte Hand gedrückt. Dann löste sich die Menge in Grüppchen auf, um sich zu verabschieden oder zum Trauerkaffee zu verabreden, den Hanni zu Hause vorbereitet hatte.

Sie war froh, dass damit eine Beschäftigung auf sie zukam. Kaffee musste aufgesetzt werden, Getränke und die Brötchen aus dem Keller geholt und von der schützenden Folie befreit, der Kuchen von der Speisekammer auf den Tisch gestellt und aufgeschnitten werden und richtig, für die Jacken und Mäntel der Gäste musste irgendwo Platz geschaffen werden. Darum sollte sich Pia kümmern. Gerade wollte sie sich mit diesem Auftrag an ihre Tochter wenden, als ihr Blick auf das Grab von Konrad fiel, vor dem sie plötzlich ihre Nachbarin, Olga Traxler stehen sah. Die Frau im Trenchcoat!

»Ja natürlich!«, schalt sich Hanni. »Wo hab ich denn hingeschaut. Das ist doch die Frau Traxler!«, wandte sie sich an Jonas. »Haben wir sie eingeladen?«

»Ähhhm nein, nicht dass ich wüsste.« Jonas stellte sich zwischen seine Mutter und den Anblick der Nachbarin.

»Vielleicht hätten wir sie einladen sollen Jonas? Schließlich ist sie seit fast einem Jahr unsere Nachbarin. Vielleicht ist sie jetzt gekränkt. Geh, sag ihr doch, sie soll zum Trauerkaffe kommen.«

»Jaja, ich muss jetzt …« Armin und Lea, seine beiden Kinder, hüpften um Jonas herum und stießen und zerrten an seinen Hosenbeinen.

»Na, ihr beiden, das hat jetzt ziemlich lange gedauert für zwei so lebhafte Frösche, stimmt's?«

Armin nickte: »Gehen wir jetzt endlich, Papa?«

Jonas strich seinen beiden Kindern über das Haar. »Ja, jetzt können wir gehen.«

»Ach Mama, kannst du bitte die Kinder mitnehmen? Ich muss noch …«

»Ja sicher, natürlich. Aber denk dran, die Frau Traxler einzuladen.«

»Ja, ja, sicher … hey ihr beiden, wollt ihr mit der Oma fahren?«

»Ja, ja, ja«, tönte es aus den Kindermündern, während Armin um Hanni herumsprang und Lea an ihren Händen zerrte.

»Bist du müde, meine Kleine? Soll ich dich tragen?« Lea nickte.

»Na gut. Ein kleines Stück bis zum Tor da vorne und dann läufst du wieder, ja?« Lea legte ihre Arme um Hannis Hals und schmiegte den Kopf an ihre Schulter.

»Oma? Ist Opa jetzt in dieser großen Schachtel eingesperrt?«

»Nein mein Schatz. Das ist nur sein Körper. Seine Seele ist jetzt frei, weißt du!«

Lea hob den Kopf, nahm Hannis Kinn und drehte ihr Gesicht in ihre Blickrichtung. Mit großen blauen Augen sah sie Hanni an, während sie die Kastanienallee entlanggingen.

»Was ist das, Oma?«

»Was ist was?«

»Seele?«

Hannis Blick fiel auf Armin, der die Kastanien vor sich her kickte.

»Hmm, na ja, es ist der Kern von uns. So wie eine Kastanie zum Beispiel. Das stachlige Gehäuse, das den Kern so lange geschützt hat, stirbt und die Kastanie ist der Keim für etwas Neues.«

Lea sah Hanni verdattert an.

»Opa ist eine Kastanie geworden?«

»Oje«, sagte Hanni lächelnd, »ich glaube, ich kann das nicht sehr gut erklären. Auf jeden Fall kannst du aber deine Seele spüren.« Hanni legte Leas Hand auf ihr Herz. »Hier! Und hier kannst du Opa auch spüren, wenn du an ihn denkst.«

Lea klopfte ein paarmal mit der Hand auf ihre Brust und seufzte. Als sie das Tor erreicht hatten, setzte Hanni ihre Enkeltochter wieder ab.

»So, jetzt läufst du wieder selbst. Schau mal, dort steht schon das Auto. Dort wo Renate steht.« Dann sah sich Hanni nach Armin um, der seine Taschen mit Kastanien gefüllt hatte.

»Armin, wir fahren mit Renate, komm! Schau, dort steht sie.« Die beiden Kinder liefen los. Dann dachte sie: ›Was für ein blöder Vergleich. Ausgerechnet Kastanien.‹

Konrad hasste Kastanien, seit sein Auto nach einem kleinen Sturm lauter kleine Dellen bekommen hatte.

Das Gerücht

Als sie zuhause ankamen, waren Jonas, Pia und Christl schon da. Jonas redete auf Pia ein und Pia warf ihm irgendwelche Wortfetzen entgegen.

»… ja klar, aber weißt du was? Ich lasse mir von dir nicht den Mund verbieten …«

»Ach, denk doch mal an Mama, Pia.«

»Streitet ihr euch? Wegen Pias kleiner Ansprache? Das war doch sehr schön. Papa hätte sich bestimmt gefreut. Also kommt jetzt. Vertragt euch!« Hanni tätschelte ihrer Tochter die Wange und drückte Jonas die linke Hand.

»Kannst du dich bitte um die Gäste kümmern, Jonas? Und Pia, du kannst mir in der Küche helfen, ja?« Dann nahm sie die Schlüssel aus ihrer Handtasche und schloss auf.

Bald summten Wohnzimmer, Küche und Essraum verhalten von den Gesprächen der Gäste. Hanni fand Trost und Kraft in Erinnerungen, die sie mit den Menschen teilen konnte und hörte weitere, die ihr noch neu waren. All die Geschichten, die ihr Konrad lebendig hielten. Manchmal gab es sogar diese Momente, in welchen sie Konrad spüren konnte. So, als ob er im Raum wäre.

Ihre Freundin Renate und die Nachbarin halfen in der Küche mit und sorgten für das leibliche Wohl der Gäste. Als Hanni irgendwann über den Flur ging, um in der Küche noch einen Stuhl zu holen, hörte sie die Stimmen ihrer Nachbarin und von Frau Strobl, der Friseurin.

»Also wirklich ... ehrlich?«

»Ja, wenn ich es doch sage!«

»Die traut sich was, da aufzutauchen. Ist ja unverschämt!«

Als Hanni wieder in den Flur kam, sah sie Renate bei den beiden Frauen stehen. Alle drei verstummten und lächelten sie mitfühlend an. Dann eilte Renate auf sie zu und nahm ihr den Sessel ab.

»Wo soll er denn hin?«

»Was war denn da gerade?«

»Ach nichts Besonderes. Getratsche halt. Kennst das ja.«

»Ach so.« Hanni nickte und folgte Renate ins Wohnzimmer.

Erst gegen Abend leerte sich das Haus zusehends. Nur die Kinder und ein paar Freunde waren noch da.

Als Hanni schließlich in die Küche kam, um die letzten Kuchenreste auf einen Teller zu schichten, standen Renate, Pia und Christl, ihre Schwiegertochter, vor dem Fenster.

»Ich finde, sie muss es wissen. Sonst trauert sie ihm ja noch ewig hinterher«, sagte Pia.

»Nein, das würde ihr das Herz brechen ...«, erwiderte Renate und verstummte abrupt, als sie Hanni hereinkommen sah.

»Redet ihr von mir? Ach mein Herz ist ja schon dahin.« Hanni stellte den Kuchenteller hin und ging zu den Dreien am Fenster.

»Und was muss ich nicht wissen?« Nacheinander wartete sie auf eine Antwort aus den drei Gesichtern. Pia wollte endlich etwas sagen, als ihr Christl zuvorkam.

»Ach, das ist wirklich nicht wichtig Hanna. Mach dir keine Gedanken.« Dann strich sie begütigend über Hannis Arm und hielt kurz inne, als sie ihre Hand erreichte.

»Hast du Jonas gesehen?«

»Ja natürlich. Er sitzt im Wohnzimmer mit Konrads Freunden. Aber ich glaube, die wollen auch bald gehen. Nimm doch den Kuchenteller mit. Vielleicht wollen die Kinder auch noch etwas.« Hanni legte die letzten Kuchenstücke vom Blech auf den Teller und reichte ihn Christl. Dann füllte sie ein Glas mit Himbeersaft und hielt es Pia hin.

»Armin und Lea sind draußen im Garten, bringst du ihnen das bitte? Sie haben ohnehin schon die ganze Zeit nach dir gefragt.«

Als Pia und Christl gegangen waren, zog Hanni zwei Stühle zum Fenster.

»Setz dich doch, Renate.«

»Ja eigentlich … wollte ich auch …«

»Ach nein, jetzt wo wir endlich reden können. Außerdem wollte ich dich schon die ganze Zeit fragen, was da los ist. Ich hab nämlich schon seit dem Begräbnis das Gefühl, dass die Kinder mir etwas verheimlichen. Aus Rücksicht natürlich. Aber was kann schon schlimmer sein, als dass Konrad nicht mehr da ist? Du bist doch meine Freundin … was läuft denn da?«

Renate rückte unruhig auf ihrem Sessel hin und her und versuchte Hannis Blick auszuweichen.

»Renate!«

»Na ja, ich denke, das sollten dir lieber Jonas oder Pia sagen.«

»Nein, ich will es jetzt von dir wissen. Du weißt es doch. Ich spür das. Wir kennen uns jetzt schon so lange und hatten doch noch nie Geheimnisse voreinander.« Renate seufzte tief auf.

»Na gut. Aber sag dann nicht …«

»Ja, ja. Also raus mit der Sprache. Was ist los?«

»Also der Konrad …«

»Hat er sich verschuldet wegen dieses Wagens?«

»Nein … nein, das war ja noch nicht fix, aber …«

»Was denn dann? So rede schon!«

Renate hielt kurz die Luft an und dann purzelten die Worte in einem einzigen Luftstrom heraus: »Konrad hatte eine Geliebte.«

Es dauerte einen Moment, bis Hanni begriff, was Renate gesagt hatte. »Eine Geliebte?« Nach einer weiteren Pause schüttelte sie energisch den Kopf.

»Aber wann denn? Wieso …? Wer …?«

»Eure Nachbarin, die Frau Traxler.«

»Was?«, rief Hanni und griff sich ans Herz. Renate stand auf, holte ein Glas Wasser und hielt es der Freundin hin. Die schüttelte den Kopf und schob die Hand mit dem Glas weg.

»Aber die wohnt doch erst seit einem knappen Jahr hier! Und Konrad und ich wollten doch …«

Renate strich Hanni beruhigend über den Rücken, stellte das Glas auf das Fensterbrett und setzte sich wieder. Dann nahm sie Hannis Hände und drückte sie.

»Ach Hanni, siehst du, das wollten wir dir ersparen. Pia wollte dir ja gleich alles erzählen. Dass Konrad mit der Traxler am Mittwoch bei ihr war zum Beispiel, dass er mit ihr diese Reise mit diesem blöden Wagen machen wollte, dass er dich verlassen wollte und sogar, dass er diese Frau heiraten wollte. Pia meinte, dass es leichter für dich wäre, wenn du das alles weißt. Deshalb hat sie sich auch mit Jonas gestritten. Und die Frau Strobl hat gemeint, dass ein Ende mit Schrecken besser wäre als – du weißt schon was. Ach Hanni, es tut mir so leid!«

Hanni sah Renate ungläubig an und ließ sich in die Lehne des Stuhls nach rückwärts fallen.

»Heiraten!«

Renate nickte.

»Heiraten wollte er?«

Renate sog die Luft ein, zog die Schultern hoch und ließ sie wieder fallen.

»Ja so sind die Männer. Kaum lässt man sie allein, gehen sie grasen.«

»Aber Konrad doch nicht. Konrad ist … war doch mit mir …«

Renate schenkte Hanni einen mitleidigen Blick.

»Wann … und heißt das, er war mit der Traxler schon die ganze Zeit …?«

»Das weiß ich nicht. Da musst du wahrscheinlich schon Pia fragen. Die war ja schon immer ganz dicke mit ihrem Papa. Angeblich hat er ihr erzählt, wie glücklich er mit der Neuen ist und was sie alles zusammen unternehmen wollen. Wie lange das schon geht, weiß ich nicht. Aber es gibt sogar Gerüchte, dass die Traxler nicht sein erster Seitensprung war.«

Hanni fiel die Kinnlade herunter.

»Aber wir … wir waren doch glücklich hier. Wir hatten doch alles und bald hätten wir …«

»Ach Hanni, es tut mir so leid!«

Renate streichelte Hannis Hände, während ihr die Augen überliefen. Dann stand Renate auf und holte eine von den Servietten, die auf dem Tisch lagen. Hanni trocknete sich die Tränen, als draußen im Flur ein paar Stimmen laut wurden. Kurz darauf ging die Tür auf und Pia steckte den Kopf herein.

»Die letzten wollen jetzt …«

Hanni winkte müde ab. »Ich kann jetzt nicht.«

Pia öffnete den Mund, suchte Bestätigung in Renates Blick und schloss schließlich die Tür von außen.

»Und alle haben es gewusst. Keiner von euch hat es für nötig befunden, mich aufzuklären? Wenn ich das gewusst hätte, vielleicht …«

»Ja tut mir leid Hanni. Ich wusste auch nicht, wie. Was hätte ich denn sagen sollen? Hey, du weißt aber schon, dein Konrad betrügt dich? Außerdem wollte ich mich nicht einmischen.«

Hanni stand abrupt auf. »Weißt du was, ich danke dir wirklich, dass du es mir gesagt hast. Aber jetzt möchte ich allein sein. Sei mir nicht böse, aber ich schmeiß euch jetzt alle raus. Ich muss das jetzt erst mal verdauen.«

Zwei Flaschen Bordeaux

Mit der Absicht etwas aufzuräumen stand Hanni in der Küche und stellte Gläser von hierhin nach dahin, griff nach dem Teller mit den Kuchenresten, um sich wenig später zu fragen, was sie damit tun wollte. Dann ging sie in das Schlafzimmer, nur um dann ratlos vor dem Schrank zu stehen, weil sie vergessen hatte, was sie hier wollte. In ihrem Kopf herrschte ein heilloses Durcheinander von Enttäuschung, Wut, Schmerz, Betäubung, Hilflosigkeit und Verzweiflung.

Warum wollte Konrad sie verlassen? Waren sie nicht glücklich mit ihrem Leben? Hatte sie sich die ganze Zeit etwas vorgemacht? Warum hatte er sie so hintergangen? Warum musste Konrad sterben?

Nie mehr konnte er ihr all diese Fragen beantworten. Feige davongeschlichen hatte er sich. In einem Moment war Hanni so wütend, dass sie Konrad am liebsten umgebracht hätte. Aber im nächsten Augenblick fiel ihr ein, dass er ja schon tot war und fühlte wieder diesen Schmerz, der sie in ein schwarzes, tiefes Loch fallen ließ. Nur um dann wieder darüber zu grübeln, was sie falsch gemacht hatte, was sie tun oder vermeiden hätte können. So drehte sich das Gedankenkarussell in einem fort, bis sie den Versuch aufzuräumen aufgab, ihre Jacke vom Haken nahm und das Haus verließ. Sie musste hinaus. Hinaus an die frische Luft. Sich Bewegung verschaffen, atmen, irgendwohin. Ziellos eilte sie durch die Straßen und Gassen und kam schließlich am Fluss an. Dort auf der Brücke endlich lösten sich die wirren Gedanken in Rotz und Wasser auf. Konrad hatte sie allein gelassen. Ohne Erklärung war er einfach gegangen.

›Dieser Lump‹, dachte Hanni. »Was hast du dir nur dabei gedacht!«, fügte sie laut hinzu. »Hast du auch nur einen Moment daran gedacht, was du mir damit antust? Und dann tust du auch noch so, als ob alles in Ordnung wäre. Lügst mich die ganze Zeit an, du elender Mistkerl! Wie lange ging denn das schon mit der Traxler? Wie lange schon, häää? Und wie hättest du dir das denn vorgestellt? Du heiratest sie und lebst dann mit ihr in der Nachbarschaft fröhlich weiter? Ha, wenn ich daran denke! Und dann stirbst du auch noch! Ja gehts noch? Bist du noch bei Trost? Aber weißt du was? Ich mach da nicht mit. Ich schmeiß dich raus! Jetzt! Sofort!«

»Oder hast du gedacht, ich springe da von der Brücke? Wegen dir, ins kalte Wasser? Nein wirklich nicht. Das könnte dir so passen. Du weißt, wie sehr ich kaltes Wasser hasse. Nein, nein, ich werde nicht einfach so verschwinden. Und sei froh, sag ich dir. Denn sonst würde ich dir noch im Jenseits den Hals umdrehen. Nein, ich geh jetzt nach Hause und schmeiß dich raus. Und zwar gründlich, verlass dich drauf!« Damit nahm Hanni noch einmal ein Taschentuch aus der Packung, putzte sich die Nase und trat entschlossen den Heimweg an.

Zuhause ging sie in die Vorratskammer und riss einen der großen schwarzen Müllsäcke von der Rolle ab. Zuerst ging sie ins Bad und räumte alle Konrad-Gerüche von der Etagere. Seinen Pfefferminz-Rosmarin-Mundgeruch, seine Ringelblumen-Haut, sein Exoticflower-Duschgel, den sanft cremigen Baby-Popo-Rasierschaum, seinen Nassrasierer und das Aftershave, das irgendwie nach gar nichts roch und das sie genauso wenig mochte wie sein sündteures Almdudler-Eau de Cologne. Warum war ihr das nicht früher aufgefallen, fragte sie sich.

»Das alles brauchst du ja jetzt nicht mehr«, sagte sie und ließ alles in den schwarzen Sack fallen. Dann warf sie noch seine Zahnbürste, den Kamm und die Handtücher hinterher, an welchen sie in den letzten Tagen immer wieder ihre Erinnerung an Konrads Gegenwart aufgefrischt hatte. Zuletzt griff sie nach seiner Haarbürste und hielt kurz inne, als ihr einfiel, dass er sich jeden Abend die schütter gewordenen Haupthaare gebürstet hatte, im festen Glauben daran, dass er damit den Haarwuchs anregen würde.

»Hat jetzt auch keinen Zweck mehr, mein Lieber, nicht wahr? Und dabei hast du dir solche Mühe gegeben. Wahrscheinlich hast du deshalb eine Geliebte gebraucht, weil du es nicht ertragen hast alt zu werden. Aber hat dir das etwas genützt? Nein, denn irgendwann wäre dir schon aufgefallen, dass du auch mit einer neuen Frau schlussendlich alt wirst.«

Hanni ließ die Bürste in den Sack fallen, raffte das obere Ende zusammen und stapfte, den Sack hinter sich herscheppernd, die

Treppe hinunter. Im Wohnzimmer hielt sie vor ihrem Konrad-Gedenk-Arrangement.

Zuerst riss sie das rote Herz samt schwarzer Schleife von seinem Bild und stopfte es in den Sack.

»Weil du mein Herz gar nicht verdient hast«, sagte sie.

»Ja, schau nur! Alles lass ich mir auch nicht gefallen. Habe ich nicht immer alles getan für dich? Und was machst du? Schämen solltest du dich!« Hanni drehte sein Bild gegen die Wand. Dann nahm sie sein Eau de Cologne und ließ es in den Sack fallen.

»Und das Auto? Mit ihr wolltest du davonfahren und mir hast du etwas von Urlaub, Sonne, Spaß und Meer vorgeschwafelt. Alles Lüge, du Lump, du elender. Schau, was ich mit deinem Traumauto, deinem Heiligtum, mache!« Hanni stellte den kleinen Citroën auf den Boden und trat mit aller Kraft darauf, sodass die Räder nach den Seiten wegsprangen und das Dach danach aussah wie die Wracks auf einem Autofriedhof. Dann bückte sie sich danach und ließ Konrads Traumauto im Sack verschwinden. Gleich hinterher folgte sein Lieblings-Basecap.

Als sie die Angel in die Hand nahm, fiel ihr wieder das kurze Gespräch ein, das sie mit Konrads Freunden hatte und die Verlegenheitspause, als sie den Mittwoch erwähnt hatte. Ihr Blick durchbohrte Konrads Bild, das sie zuvor zur Wand gedreht hatte.

»Angeln! Ist wahrscheinlich auch gelogen. Gib es zu, du hast etwas ganz anderes geangelt. Und ich Idiotin habe dir das die ganze Zeit abgenommen. Sogar Mitleid hatte ich mit dir wegen des Pensionsschocks. Angeln, dass ich nicht lache. Weg damit!« Hanni nahm die Angelrute und stopfte sie in den Sack.

»Und unsere Hochzeitsreise? War das auch schon alles Lüge?« Sie nahm die Gondel und erinnerte sich an ihre gemeinsame Fahrt durch die Kanäle von Venedig. Leise, beinahe im Geheimen, regte sich unter der Wut und Enttäuschung wieder dieser Verlustschmerz. Hannis Augen füllten sich mit Wasser und schon liefen ihre geröteten Lider über. »Warum nur Konrad? Warum tust du mir das an? Mit der Nachbarin! Wie praktisch!« Als sie die Gondel im Sack verschwinden lassen wollte, hielt sie inne und überlegte es sich dann anders. »Nein, das war auch meine Gondelfahrt. Das lasse ich mir von dir nicht nehmen.« Dann stellte sie das Erinnerungsstück an seinen Stammplatz über dem Bücherregal.

»Und was mach ich jetzt mit dem Kuchen? Kuchenbacken für einen Toten. Was für eine idiotische Idee!«

Hanni ging in die Küche und holte ein Messer, einen Korkenzieher und ein Glas. Wieder zurück, schnitt sie den Kuchen in Stücke und nahm einen großen Bissen davon. Zum ersten Mal seit Tagen war sie wirklich hungrig. Dann entkorkte sie eine der beiden Flaschen Wein und goss sich ein.

»Na dann prost, Konrad! Und vielen Dank auch für alles!« Nach dem zweiten Glas und der Hälfte des Kuchens war die Wut verflogen. Stattdessen quälte sie sich mit Selbstzweifeln. Was hatte sie nur falsch gemacht? Wann nur hatte sich Konrad von ihr abgewandt? Mit der Pension? Oder früher schon? Warum hatte sie es nicht bemerkt?

Nach dem fünften Glas fiel sie auf dem Sofa in einen erschöpften Schlaf.

Als sie wieder aufwachte, schlug die Kaminuhr zweiundzwanzig Uhr. Hanni rappelte sich benommen auf. Es dauerte eine ganze Weile, bis sie begriff, wo sie war und was passiert war. Erst als ihr Blick die leere Weinflasche, den halben Gugelhupf und schließlich den mit Konrads Sachen gefüllten Müllsack streifte, erinnerte sie sich: Konrad hatte eine Affäre! Mit der Nachbarin! Was hatte Renate gesagt? Verlassen wollte er sie. Und die Traxler heiraten!

Plötzlich aber, wie beim Wechsel einer Filmspule sah Hanni die ganze Geschichte aus einer anderen Perspektive.

Was wäre, wenn die Traxler dem Konrad schöne Augen gemacht hätte? Was, wenn sie ihn mit voller Absicht verführt hätte? War das nicht viel wahrscheinlicher? Konrad als Frauenheld konnte sie sich auf einmal nicht mehr vorstellen. Konrad war ihr doch immer treu gewesen, hatte nie einen Hochzeitstag vergessen. Wer weiß, dachte Hanni mit welch raffinierten Mitteln diese Traxler, diese Luftmatratze, den Konrad herumgekriegt hatte. Schließlich war er ja auch nur ein Mann. Hanni stand auf und öffnete die zweite Flasche. Dabei spürte sie tief drinnen in den Eingeweiden einen Groll aufsteigen. Oder rumorte da der halbe Gugelhupf, der jetzt in ihrem Magen in einigen Gläsern Pomerol schwamm?

Wenn Konrad diese Frau tatsächlich heiraten wollte, dann müsste es ja irgendwelche Hinweise darauf geben, überlegte Hanni. Sie nahm einen großen Schluck aus der Flasche. Wo hätte Konrad einen Beweis dieser Affäre versteckt?

Hanni stürzte in den Flur, wo noch immer sein Mantel und seine Jacke hingen. Mit fahrigen Fingern suchte sie die Taschen ab. Niemals hätte sie das in all den Jahren ihrer Ehe getan. Sie hatte ihm doch vertraut! Aber jetzt, jetzt musste sie es einfach wissen. Alles was sie fand, waren aber ein alter Parkschein aus dem Stadtzentrum, ein paar Cent, ein Taschentuch und eine Rechnung aus dem Baumarkt. Ihr Blick fiel auf die Tragtasche mit Konrads persönlichen Sachen aus dem Krankenhaus. Sein Hemd hatte sie aus alter Gewohnheit gleich zur Wäsche gegeben und sein Sakko im Schrank versorgt. Aber seine schmale Aktentasche war noch hier drin. Und wo war seine Brieftasche? Hanni nahm wieder einen Schluck aus der Flasche und öffnete seine Tasche. Eine Zeitung kam zum Vorschein, ein paar leere Formulare, Versicherungsunterlagen und Broschüren. Konrad hatte ja noch ein paar Kunden, die er seit seiner Pension noch betreute. In einem Plastikbeutel fanden sich seine Uhr, sein Ehering und die Autoschlüssel. Aber wo war seine Brieftasche? Darunter lag zusammengerollt Konrads Hose. Ungeduldig zerrte Hanni an dem Kleidungsstück, als auch schon der gesuchte Gegenstand auf den Boden fiel. Hanni hob die Börse auf und rutschte dann an der Wand entlang auf den Boden. »Die Brieftasche!«, schloss sie, begleitet von einem tiefen Seufzer, kurz die Augen. »Jetzt kannst du deine Unschuld beweisen, mein Lieber!«

Mit einem Schluck aus der Flasche stärkte sie sich für das, was sie jetzt vielleicht finden würde. Dann klappte sie die Börse auseinander, wo ihr als Erstes ihr eigenes Bild entgegen lachte.

»Ach Konrad!«, brach sie wieder in Tränen aus. »Hab ich also recht. Sie hat dich verführt, diese Schlampe. Wenn ich es mir recht überlege, dann hat sie dich ja von Anfang an eingewickelt, wenn sie mit ihrem Köfferchen anzüglich an dir vorbei gewackelt ist, sobald sie dich gesehen hat. Ach Konrad!«, seufzte Hanni noch einmal, »ich hätte es wissen müssen. Sie hatte es auf dich abgesehen.«

Ja, die Nachbarin war schuld, dachte Hanni. Für den Betrug, für den Ehebruch und wahrscheinlich sogar für Konrads Tod. Sie musste die Traxler zur Rechenschaft ziehen. Sie konnte sie nicht einfach so davonkommen lassen.

Hanni nahm noch einen kräftigen Schluck aus der Flasche und stand auf. »Jetzt wird abgerechnet, mach dich auf etwas gefasst, du Bordsteinschwalbe, du männerhungriges Weibsbild du. Wenn du glaubst, du kannst einem ungestraft den Mann ausspannen, hast du dich geschnitten.« Hanni nahm ihre Jacke vom Haken, schwankte und fuhr nach einigen Fehlversuchen in die Ärmel. Dann steckte sie ihren Hausschlüssel ein und verließ in ihren Pantoffeln das Haus.

Die ganze Wahrheit

»Ja bitte?«, öffnete Olga Traxler die Tür. Hanni schob sie beiseite und ging zielstrebig an ihr vorbei ins Wohnzimmer. Dort blieb sie abrupt stehen.

»Das ist also das Liebesnest, in das du meinen Mann gelockt hast. Hier hast du ihn bezirzt, bis er nicht mehr wusste, wo ihm der Kopf steht, nicht wahr? Gib es zu, ich weiß alles! Hier hast du ihn so lange beschwatzt, bis er den Verstand verloren hat. Konrad dich heiraten, niemals. Konrad hätte mich nie freiwillig verlassen. Wahrscheinlich hast du ihn erpresst und darüber hat er sich so aufgeregt, dass er einen Herzinfarkt bekommen hat. Also raus mit der Sprache, was hast du mit ihm gemacht?« Hanni lief aufgeregt auf und ab und nahm immer wieder einen Schluck aus der Flasche.

Die Nachbarin stand sprachlos im Türrahmen. Zu ihrem schlichten schwarzen Kleid trug sie Gartenpantoffel und Handschuhe. Die Tür zum Garten stand offen und die kühle Nachtluft strömte ins Zimmer.

»Also, ich warte!«, pflanzte sich Hanni schwankend vor der Nachbarin auf. »Hast du dir keinen Mann finden können, dass du dich an meinem vergreifen musstest?«

»Die Initiative ging von Konrad aus. Er hat mich angesprochen. Ich hätte nie …«

»Ja, ja, ja, wer's glaubt … Ich will jetzt die Wahrheit wissen!«
Hanni ließ sich schwankend auf eines der dunkelgrau gepolsterten
Vierecke der Sitzgarnitur fallen und sah Olga herausfordernd an.

»Die Wahrheit?«

»Ja genau, die Wahrheit. Von A bis Z. Vom Anfang bis zum
Ende. Die Wahrheit. Raus damit. Ich warte! Ich will jetzt alles wissen.«

»Sind Sie sicher? Wie mir scheint, haben Sie sich die Wahrheit ja
schon zurechtgezimmert. Und offenbar ist es mir entgangen, dass
wir per Du sind.«

Olga zog die Handschuhe aus, stellte die Gartenpantoffel nach
draußen auf die Terrasse, schloss die Tür und setzte sich gegenüber
von Hanni auf einen der grauen Würfel. Dann schenkte sie sich ein
Glas Rotwein ein. Erst jetzt fiel Hanni auf, dass auf dem niedrigen
Tisch ebenfalls eine Flasche Bordeaux stand. Die gleiche, die sie aus
Konrads Pomerol-Bestand mitgebracht hatte.

»Aha und seinen Wein trinken Sie auch ganz ungeniert«, wechselte Hanni wieder in die höflichere Anrede.

»Das ist nicht Konrads Wein, sondern meiner. Bei mir hat er ihn
zuerst getrunken und sich dann selbst ein paar Flaschen bestellt.«

Hanni schwenkte ihre Flasche. »Das kann jeder behaupten. Das
sagen Sie ja nur, weil …«

»Das sage ich, weil es wahr ist.« Olga stand auf, holte ein zweites
Glas, schenkte aus ihrer Flasche ein und stellte es vor Hanni hin.

»Ja meinetwegen, dann ist es halt Ihr Wein. Prosit!«

»Also was wollen Sie wissen?«

»Alles! Wo Sie ihm aufgelauert haben, seit wann das geht, wie
Sie ihn verführt haben, und warum Sie ihn unbedingt heiraten
wollten.«

»Erstmal wollte ich nicht ihn, sondern er wollte unbedingt mich heiraten. Und dann ...«

»Blödsinn, von meiner Tochter weiß ich, dass Sie heiraten wollten. Und Renate hat auch gesagt, dass ...«

»Renate! Das ist ein guter Witz. Ausgerechnet.«

»Warum? Wo soll da der Witz sein? Renate ist meine beste, langjährigste Freundin. Und überhaupt, woher wollen Sie die Renate kennen.«

»Kennen wäre zu viel gesagt. Aber Konrad kannte sie.«

»Ja sicher kannte er sie. Schließlich ist sie meine Freundin, seit vielen Jahren ...«

»Ja, und die von Konrad.«

»Was? Wollen Sie damit sagen ...«

»Dass Konrad seit vielen Jahren ein Verhältnis mit ihr hatte. Jeden Mittwoch genau gesagt.«

»Unsinn, Mittwoch war er zum Fischen.«

»Ja, so könnte man es auch bezeichnen.«

Hanni sprang auf und lief zwischen Wohnzimmer- und Terrassentür auf und ab.

»Ach was, das sagen Sie jetzt nur, um von sich abzulenken. Konrad und Renate. So ein Schwachsinn!«

»Fragen Sie sie doch, wenn Sie mir nicht glauben.«

»Das möchte Ihnen so passen, dass ich jetzt auf ihre Finten hereinfalle.«

»Tja, ich hätte das von Konrad auch niemals gedacht. Er schien mir so aufrichtig und charmant, dass ich tatsächlich auf ihn hereingefallen bin. Ich dachte, er liebt mich wirklich.«

Hanni verdrehte die Augen und ließ sich wieder in die Sitzecke fallen.

»Anfangs dachte ich, er flirtet mit mir, weil ihm mit der Pension, so allein zuhause langweilig geworden wäre. Oder, weil Sie sich in der Ehe auseinander gelebt hätten.«

»Auseinander gelebt …«, Hanni schnaubte empört auf.

»Na ja, soll ja vorkommen. Also habe ich das nicht so ernst genommen. Aber dann …«

»Haben Sie die Initiative ergriffen …«

Olga hob die Augenbrauen und stieß die Luft aus.

»Sie wollten die Wahrheit wissen. Also wäre es schön, wenn Sie mich auch mal ausreden ließen.«

Hanni hob die Arme und ließ sie einlenkend auf das Sofa fallen. »Bitte, ich bin gespannt …«

»Konrad hat einfach nicht aufgegeben. Er konnte einfach sehr …«

»Ja, ja. Das müssen Sie mir nicht erklären. Ich will jetzt wissen, wie Sie darauf kommen Renate zu beschuldigen. Genügt es nicht, dass Sie mit Konrad …?«

»Renate war ja nicht die einzige.«

»Ja sicher, wenn man von Ihnen absieht. Wenn das mit Renate überhaupt stimmt.«

»Ich wollte es ja auch nicht glauben. Eine Kollegin von mir hat Konrad mit ihr auf einem Flug nach Ibiza gesehen.«

»Ibiza? Wann?«

»Im vorigen Jahr, im September.«

»Das kann nicht sein, da war er in Karlsbad zur Kur. Wegen des Herzens.«

»Ja das Herz. Das ist ein guter Witz.«

»Das ist doch alles nur Getratsche. Das glaub ich nicht!«

»Da sind Sie in guter Gesellschaft. Ich wollte es auch nicht glauben. Dachte, dass meine Kollegin aus Schadenfreude und so … Sie war ja schon lange auf meinen Posten neidisch. Aber egal. Ein paar Monate später hat sie mir dieses Bild mitgebracht.«

»Welches Bild?«

Olga stand auf, ging zum Schreibtisch und kramte im Papierkorb, bis sie zwei Hälften eines Fotos herausgefischt hatte. Dann legte sie die beiden Hälften vor Hanni hin und schob sie so zusammen, dass das Bild ein Ganzes ergab.

»Almeria, im September.«

Ein weiter Strand erstreckte sich vor dem Meerufer. Im Vordergrund eine Frau in vergnügter Urlaubslaune auf einer Luftmatratze. Der Mann neben ihr im Wasser stehend. Sie hingebungsvoll einen Arm über den Kopf gelegt, den anderen um seinen Hals geschlungen. Und er, »Konrad« mit den Fingern der Rechten an ihrem Bikinihöschen, schien der Freundin etwas Amüsantes ins Ohr zu flüstern.

»Ha! Renate!«, stieß Hanni aus.

»Und Konrad«, ergänzte Olga.

Hanni ließ sich ernüchtert in die Polster fallen.

»Ja so ging es mir auch.« Olga nahm einen Schluck aus ihrem Glas und prostete Hanni bedauernd zu.

»Ich war so wütend, dass ich dir dieses Bild schicken wollte. Habe mit Konrad darüber gestritten. Und er hat mir geschworen, dass er es dir selbst erzählen wird. Als er schließlich gegangen war, ist mir erst klar geworden, dass es für mich ja gar nichts ändert, wenn du das auch weißt. Es geht mich ja auch nichts an. Mit Konrad war ja sowieso Schluss. Aber er hat sich offenbar so darüber aufgeregt, dass du die Wahrheit erfahren könntest, dass er lieber einen Herzinfarkt hatte. Das tut mir leid. Ehrlich.«

Hanni sah abwechselnd zu Olga hin und auf das entlarvende Bild mit Konrad.

»Das war also mein Mann. Und ich habe geglaubt …«

»Ja, das dachte ich auch.« Olga hob abermals ihr Glas. »Auf ein neues Leben.«

Hanni griff zögernd nach ihrem Glas. »Ja, ein neues Leben. Das ist es jetzt wohl.« Dann stießen zwei Gläser mit hellem »Ping« aneinander und die Frauen nickten sich zu, bevor sie die Gläser in einem Zug leerten.

Alles was recht ist

»Alte Leute sind gefährlich; sie haben keine Angst vor der Zukunft.«
George Bernard Shaw

Ich bin noch nie zu spät gekommen«, hatte Resi ihrer Nachbarin, der Erlenbacherin, noch am Nachmittag an den Kopf geworfen. Jetzt saß sie beim Tisch vor dem Herrgottswinkel und wartete. Die alte Pendeluhr tickte und hob den Minutenzeiger Millimeter für Millimeter auf die Zwölf zu. In zwei Minuten würde es etwa einundzwanzig Uhr sein. Aber das konnte man bei dieser eigenwilligen Uhr nie so ganz genau sagen. Denn manchmal brauchte der lange Zeiger zur oberen Senkrechte etwas länger als dreißig Minuten. Dann war es so weit – der Zeiger hatte den höchsten Punkt erreicht. Einundzwanzig Uhr.

Den Blick auf das runde Zifferblatt geheftet, wartete Resi auf den Moment der Überschreitung des Zeigers in der oberen Mitte, denn seit Jahren wusste sie, was nun kommen würde. Ein kaum wahrnehmbares Klicken kam vom Uhrwerk, als der Zeiger auch schon auf die Sechs hinunter fiel und dort auf den Aufstieg zur nächsten vollen Stunde wartete.

»Na, du hast schon deinen eigenen Humor«, nickte sie der Uhr zu. »Gott sei Dank muss ich mich nicht auf dich allein verlassen, sonst wär ich nämlich schon verlassen.« Dann wandte sie den Kopf dem offenen Fenster zu. Es war Herbst und kalte Nachtluft strömte herein. Resi machte das aber nichts aus, denn sie hatte sich bereits einen Wollrock, darunter zwei lange Unterhosen, die Wollstrümpfe und ihre Winterjacke angezogen. Geduldig klopfte sie mit den Fingerspitzen einen nur ihr bekannten Rhythmus auf die Tischplatte.

Der Bürgermeister wird sich noch wundern, dachte sie. Aber vielleicht auch nicht, hoffte sie. Enteignet hatte er sie, wegen dieser idiotischen Straße, die zur neuen Siedlung führen sollte. Fünfzig Quadratmeter von ihrer Wiese hinter dem Obstgarten einfach weg. Zu asphaltiert. Obwohl gegenüber ja die weitläufigen Wiesen des Bürgermeisters lagen, sah der Plan vor, dass der fehlende Meter für die Straßenbreite natürlich von ihrem Grundstück kommen sollte. Das konnte sie doch nicht zulassen!

Heute Nachmittag hatte sie deshalb einen Kaffeeplausch mit ihrer Nachbarin, die ebenfalls ein Stück ihres Gartens verlieren sollte. Genau über jene Stelle, wo sie vor einem halben Jahr einen neuen Apfelbaum gepflanzt hatte. Diesen Apfelbaum hatten sie deshalb gemeinsam ausgegraben und zwei Meter weiter hinten wieder eingepflanzt. Und dabei haben Resi und die Erlenbacherin diesen anderen Plan ausgearbeitet. Denn alles, was recht ist … sagten sich die beiden Frauen.

Den ganzen Tag über waren die Vermesser da gewesen. In den beiden Gärten sind sie herumgestiefelt und hatten schließlich ihre orangen Stangen in den Boden geschlagen. Morgen in aller Herrgottsfrühe sollte der Bagger anrücken. Heute Nacht war also die letzte Möglichkeit, für Gerechtigkeit zu sorgen.

Ein hohles Kratzen und Rasseln vom nahen Kirchturm riss Resi aus ihren Gedanken. Sie reckte ihren Oberkörper dem vertrauten

Geräusch entgegen und lauschte. Dann erklangen neun Schläge von der Kirchturmuhr und Resi stand auf. Sie wusste, dass die Turmuhr immer um fünf Minuten vorausging, also würde sie pünktlich an der Grundstücksgrenze sein. Sie nahm die Taschenlampe – wer weiß, ob die Erlenbacherin daran denken würde – schulterte den großen Fünf-Kilo-Hammer und verließ das Haus.

Am anderen Ende des Obstgartens traf sie auf die Nachbarin. Beseelt davon, ihre Wiesen zu retten, gingen die beiden Frauen ans Werk. Sie hatten schon etwas Mühe, die Pflöcke aus der Erde zu ziehen und einen Meter weiter in Richtung der Grundstücksgrenze des Bürgermeisters wieder einzuschlagen. Aber sie waren es ein Leben lang gewohnt, hart zuzupacken.

Schließlich, es ging auf dreiundzwanzig Uhr zu, schlugen sie die letzte Stange ein.

»Das hätten wir geschafft«, sagte Resi zufrieden.

»Hoffentlich kommt uns keiner dahinter«, entgegnete die Erlenbacherin.

»Ja, hoffen wir das Beste«, grinste Resi. Dann verabschiedete sie sich von ihrer Komplizin und machte sich zufrieden auf den Heimweg.

Am nächsten Morgen stand sie am Fenster und sah in der Ferne den Bautrupp samt Bagger anrücken. Mittendrin der Mercedes des Bürgermeisters. Er parkte seinen Wagen in der Wiese und verständigte sich mit dem Bauleiter, während er mit seinen Armen herumfuchtelte.

»Ja ja, mach dich nur wichtig«, sagte Resi gelassen. Dann setzte sich ein Arbeiter in den Bagger und ließ die Schaufel sinken.

»Jetzt wird's spannend.« Resi richtete sich auf und reckte den Kopf zur Wiese hin. Knirschend setzte sich die Maschine zwischen den Markierungsstangen in Bewegung und riss eine Schneise in den Wiesengrund.

»Sehr brav!«, bemerkte Resi und verschränkte zufrieden die Arme.

Tauchen

»Um klar zu sehen, genügt oft ein Wechsel der Blickrichtung.«
Antoine de Saint-Exupéry

D as Wasser war Alvins Refugium, solange er zurückdenken konnte. Manchmal wunderte er sich darüber, dass er nicht als Fisch geboren worden war.

Die Wellen rauschten sanft über den weißen Sand und gaben ihn schäumend wieder frei, während Alvin am Strand stand und sein Blick sich in den Schattierungen von Blau verlor. Er spürte die leichte Brise vom Meer im Gesicht und sog das salzhaltige Aroma des Ozeans ein. Das helle Türkisgrün in Strandnähe wurde in der Ferne zum Sattblau der Meerestiefe und vermischte sich am Horizont allmählich mit dem Blau des Himmels.

Vor der Halbinsel links befand sich dieses Loch, das in die Tiefe führte. Wie ein großes blauschwarzes Auge lag es in der Bucht. Das Grün der Halbinsel dahinter wirkte wie die darüberliegende Augenbraue. Alvin wandte sich diesem Auge zu und atmete entspannt aus. Dort würde er in wenigen Stunden noch einmal abtauchen und in die Tiefe schauen. Nicht so wie im vorigen Jahr, als er hierher gekommen war, um einen Rekord zu brechen und als ihn das Loch mehr tot als lebendig wieder ausgespuckt hatte. Nein, diesmal war es anders.

Alvin setzte sich im Lotussitz in den Sand, hob die Arme über den Kopf und atmete ein. Für sein Warmup folgte er immer dem gleichen Ritual: zur Ruhe kommen, die innere Mitte finden, Stretching und Atmen. Im Gegensatz zum Vorjahr aber war er nicht hierher zurückgekehrt, um sich selbst oder anderen etwas zu beweisen, sondern um eine Reise zu sich selbst anzutreten.

Soweit er zurückdenken konnte, war das Tauchen immer seine größte Leidenschaft und Begeisterung.

Mit gerade einmal vier Jahren war er mit seinen Eltern an einem Strand in der Karibik gewesen. Ähnlich diesem Strand hier. Weißer Sand, Palmen und alle Blautöne, die das Meer zu bieten hatte. In der flachen Brandung stand er damals bis zu den Pobacken im Wasser und tauchte immer wieder sein Gesicht in die ankommenden Wellen, um die kleinen Krebse, Muscheln und das Spiel des Lichts auf dem Sandgrund zu beobachten. Beine und Bäuche von anderen Badenden fesselten seine Aufmerksamkeit, als er weiter draußen diese Inselmädchen entdeckte. Wie zwei junge Delphine trieben sie ihr ausgelassenes Spiel unter Wasser. So lustig und leicht anzusehen, hatte ihn dieses Bild magisch angezogen. Viel seltener als er tauchten sie kurz auf, um Luft zu holen und gleich im nächsten Moment tauchten sie wieder ab und setzten ihren anmutigen Unterwassertanz fort.

Er wollte es ihnen nachtun, sie aus der Nähe sehen und geriet dabei für einen Noch-nicht-Schwimmer viel zu tief ins Wasser, als dieses Bild jäh unterbrochen wurde, er unter den Armen gepackt und herausgezogen wurde. Lange danach noch fühlte er sich um diesen Anblick betrogen. In der Folge aber experimentierte er in der Badewanne und im Bett wenn er allein war damit, wie lange es ihm möglich, sei die Luft anzuhalten.

Beim Schwimmunterricht interessierte er sich nicht wie die anderen Kinder dafür, ob er unter den Schnellsten war, sondern wie lange er mit einem Atemzug auskam. Deshalb liebte er insgeheim die Tauchspiele, in welchen man Gegenstände vom Grund des Beckens holen musste. Eine Übung, bei welcher er sich immer länger Zeit ließ, sich manchmal sogar auf den gekachelten Grund des Beckens setzte und die anderen in helle Aufregung versetzte, wenn er sich dort unten von den Bewegungen des Wassers eine Weile treiben ließ. Nirgendwo sonst fühlte er sich so frei und gleichzeitig geborgen wie unter Wasser.

Seinen Eltern konnte er nie erklären, welche Faszination für ihn im Tauchen lag. Gleichgültig, welche Rekorde er im Freitauchen aufstellte, seine Erfolge wurden immer nur mit: »… und eines Tages wirst du dabei absaufen« quittiert. Und natürlich sollte er seine Zeit doch besser mit etwas Sinnvollerem verbringen.

Im letzten Jahr hätte sich die Prophezeiung ja auch fast erfüllt. Die Meisterschaft hätte ihn beinahe das Leben gekostet. Aber er hatte daraus gelernt.

Nun saß er wieder in der Mitte des Auges auf der Startplattform und fühlte diese besondere Art von Ruhe und Konzentration. Als ob die Zeit stillstehen würde. Alvin zwängte sich in die große Monoflosse, legte sich das Halsblei um, rückte die kleine Taucherbrille zurecht und schaltete die schmale LED-Lampe auf seinem Kopf ein. Dann ließ er sich ins Wasser gleiten. Dort hängte er den Sicherungskarabiner seiner Lanyard in das Seil ein, das in der Tiefe mit der Platte verbunden war. Diese runde Platte, auf welcher kleine Kärtchen befestigt waren, war auf die vereinbarte Tiefe abgesenkt und Alvin würde in wenigen Minuten eines dieser Kärtchen als Beweis mitbringen, dass er die vereinbarte Tiefe erreicht hatte. Wenn alles gut ging.

Alvin konzentrierte sich auf die Entspannung seiner Muskeln, auf seinen Atem und die Stille in seiner Mitte. Wie in einem unbekümmerten Spiel brachen sich währenddessen kleine Wellen an seiner Brust, leckten an seinem metallicblauen Wettkampfanzug und lösten sich glitzernd auf, nur um der nächsten kleinen Welle Platz zu machen. Beim letzten Mal hatte er nur einen Gedanken: zu gewinnen. Diesmal aber suchte er die Leere, die Stille in sich selbst. Vollkommen im Hier und Jetzt in jener Tiefe anzukommen war sein einziges Ziel. Dieses Mal würde er wissen, wann es Zeit für ihn war, die Wende nach oben einzuleiten.

Er lauschte dem Dadam – Dadam des Herzschlags, der immer ruhiger und langsamer geworden war und wusste, dass er nun bereit war. Alvin füllte mit einem einzigen, langen Atemzug seine Lungen und schluckte noch einige Male Luft um den maximalen Atemvorrat zu haben, dann tauchte er ab. Glitt mit kräftigen Flossenschlägen durch das Türkisgrün, das sich immer dunkler färbte. Den Kopf zum Kinn geneigt erreichte er mit schwingenden Bewegungen seines Körpers schließlich jenen Punkt, an welchem er den Flossenschlag einstellen konnte. Bis zum Ende des Seils, an welchem die Grundplatte hing, war ihm der freie Fall behilflich. Alles was er tun musste war, sich in regelmäßigen Abständen um den Druckausgleich zu kümmern, seinen Körper hydrodynamisch ausgerichtet zu halten und zu entspannen. Diese Phase des Tieftauchens liebte er am meisten. Die Schwerelosigkeit im freien Fall, das Bewusstsein über den unendlichen Raum des Meeres, und Teil dieses Universums zu sein. Mit dem Licht seiner Kopflampe konnte er gerade mal ein paar Meter entlang des Seils sehen, während er immer tiefer in das dahinterliegende Schwarz sank. Gerade als er dachte, dass es Zeit wäre umzukehren, tauchte die runde Plattform auf, an welcher die Beweiskärtchen hingen. Er riss eines ab und leitete die Kehrtwende ein, denn nun folgte der anstrengendste Teil seiner Reise. Mit kraftvollem, ausgewogenem Flossenschlag musste er wieder jene Untiefen erreichen, an welcher ihm der Auftrieb wieder ein Freund war. Im Gegensatz zum letzten Jahr aber, wo er etwa dreißig Meter unter der Oberfläche das Bewusstsein verloren hatte, schien es ihm diesmal leicht. Deshalb fand er Zeit, über das Sicherungsseil hinwegzusehen, nahm die Helfer wahr, die ihn beobachteten, jederzeit bereit, ihn im Notfall nach oben zu bringen. Heute aber würde er sie nicht benötigen. Das spürte er deutlich.

Einen Flossenschlag später sah er hinter den Rettungstauchern, dort wo die Halbinsel im Meer endete, schlanke Körper im Wasser tanzen. Was war das?

Delphine? Woran erinnerte ihn diese Anmut und leichte Fröhlichkeit? Er hielt sich am Seil fest und starrte auf die Gestalten. Sofort signalisierten die Taucher ihre Bereitschaft zu helfen. Aber Alvin hob die rechte Hand, formte mit Daumen und Zeigefinger ein OK und hakte seine Lanyard vom Seil. Dann ließ er das Kärtchen fallen, das er aus der Tiefe mitgebracht hatte und schwamm auf die spielenden Wesen zu. Es waren Kinder, die sich dort tummelten, stellte er fest. Auf dem Weg dorthin umringte ihn ein Schwarm silberner Fische. Wie glitzernde Sterne begleiteten sie im türkisgrünen Wasser seine hell schimmernde Gestalt bis an die Oberfläche zu seinem nächsten Atemzug.

Über die Autorin

Riki Wunderer lebt im südlichen Niederösterreich und schreibt am liebsten humorvolle Geschichten mit Tiefgang die zwar frei erfunden, aber ebensogut wahr sein könnten.

Als Fotografin entwarf sie musikalische Geschichten mit Bildern, wie beispielsweise »Die Schöpfung« nach Joseph Haydn oder »Heaven and Hell« nach Vangelis.

In der Figur der Frau Squenz und weiteren sechs Rollen des Solostückes »Da Opfl foid ned weid vum Schdaum« verkörperte sie eine Collage aus wahren, erfundenen und Shakespeare-Geschichten.

Dies ist ihr erstes Buch. Weitere Kurzprosa bzw. Romanprojekte und Schreibideen bevölkern fortdauernd ihren Schreibtisch und werden nacheinander das Licht der Bücherwelt erblicken.

Danke!

Sehr herzlich bedanke ich mich bei den vielen Menschen, die mir als Erstleserinnen und Leser ermutigendes und wertvolles Feedback zuteil werden ließen.

Sie sind es, die meine Geschichten immer wahrscheinlicher werden lassen.

Ein herzliches Danke gilt auch der professionellen Unterstützung, ohne die dieses Buch nicht fertiggestellt worden wäre:

Meike Licht für das akkurate und sorgfältige Korrektorat.

Walter Köpf für das fachmännisch montierte Cover.

Eva Denk für den kompetenten und umsichtigen Buchsatz
https://www.outlinegrafik.at

Yvonne Kraus von *mynextself* für Tipps rund ums Schreiben und Hinweise zur Buchvermarktung
https://mynextself.com/ueber-mynextself/

Haben Ihnen die Geschichten gefallen?

Weitere Kurzgeschichten finden Sie aktualisiert auf meiner
Homepage:

    https://rikiwunderer.at/kurzgeschichten/

Abonnieren Sie meinen Newsletter und
erhalten Sie die neuesten Geschichten und
aktuellen Infos in Ihr Postfach:

    https://rikiwunderer.at/newsletter/

Oder folgen Sie mir auf Facebook:

    https://www.facebook.com/rikiwunderer.autorin

Über eine Rezension von Ihnen auf Amazon würde ich mich
natürlich außerordentlich freuen.

    Vielen Dank!

Zeitfracht Medien GmbH
Ferdinand-Jühlke-Straße 7
99095 Erfurt, Deutschland
produktsicherheit@kolibri360.de